ラルーナ文庫

仁義なき嫁
惜春番外地

高月 紅葉

三交社

CONTENTS

Illustration

高峰 顕

仁義なき嫁　惜春番外地

本作品はフィクションです。
実際の人物・団体・事件などにはいっさい関係ありません。

1

人妻を抱くときは、場末のホテルなんて選ぶものじゃない。

彼女たちは家族の生活のすべてを背負い、現実感の真っただ中で疲れ果てている。だからこそ、想像以上の扱いをすれば、想定を超えた貞淑と奉仕で返してくる。若い女を抱くより、よっぽど有意義で利用価値が高い。

覚えておけよ、と岩下周平《いわしたしゅうへい》は言った。

ハンドメイドテーラーのジャケットに袖を通しながら笑う色男を、憧《あこが》れに近い感情で眺めたのが、いまはもう遠い昔のように思える。

教えに従って選んだ高級ホテルの一室で、岡村慎一郎《おかむらしんいちろう》はオーダーメイドの白いワイシャツに袖を通した。ボタンを留めて、スラックスを穿《は》く。ネクタイを首に垂らしてから、煙草《たばこ》に火をつけた。

煙をくゆらせ、くわえ煙草でネクタイを結ぶ。

静かな部屋に携帯電話の震える音が響いた。ソファを振り向いてから、自分の携帯電話なら着信音が鳴るはずだと思い出した。女と会っているときは特に、着信を取り逃さないようにしている。

　ベッドに横たわる女のバッグから覗《のぞ》く画面を確認して、岡村は確認も取らずに通話ボタンを押した。

　女の名前を呼びかける男の声に、

「はい」

　煙草をくちびるから離し、低い声で答える。沈黙が返った。そして次の瞬間、怒鳴り声が響く。その勢いのよさに、岡村は思わず笑ってしまう。

「あなたの奥さんなら隣で寝てますよ。なにをしたか、なんて……俺の口から言ってもいいんですか？」

　電話の向こうの相手は、ますます激昂《げっこう》した。

　それ以上は聞くに耐えず、電話を切る。振り向くと、髪を長く伸ばした女が、けだるい仕草で起きあがるところだった。

「……電話、出たの？」

　かすれた声がアンニュイだ。波打つ髪をかきあげる指先を見た岡村は、ひっそりと胸を痛めた。

　去年の年末。岩下周平の男嫁である佐和紀《さわき》は、わざわざエクステンションをつけて、髪を長くしていた。人助けのため、女装をする必要があったからだ。それは、おそろしく板につき、化粧映えする素地の良さをあらためて思い知らされた。

しかし、女装をしても、佐和紀は佐和紀だ。涼やかで美しく、退廃的で艶《つや》があって、凜《りん》とした硬質さが、言い知れず魅力的だった。長い髪をめんどくさそうにまとめあげる手首を思い出しながら、岡村は携帯電話を女に向かって差し出した。また着信が入り、ブルブルと震えている。

佐和紀にまるで似ていない女は画面を見つめ、静かに息を吐いた。柔和な顔立ちに浮かべた微笑の中にあきらめが滲《にじ》み、やがて苦笑へ変わっていく。

「あなたの女にして」

差し出す携帯電話を無視した女の指が、岡村の手首に這《は》う。

時計をつけ忘れていたことを思い出し、手にしていた携帯電話をベッドにすべり落とした。女から離れて、サイドテーブルの腕時計を手に取る。買ったばかりの時計は、文字盤のシンプルさからは想像もつかない価格だ。

迷いもなく購入したのは、喫茶店に置いてあった雑誌を眺めていた佐和紀が勧めてきたからだ。価格表示のない写真を見ただけの思いつきだったとしても、似合っていると言われて嬉《うれ》しかった。

その一瞬、佐和紀の頭の中には、自分しかいなかったと思う。

「これきりだな」

腰に絡みつく女の腕を振り払い、長い髪をかきあげながら、両手でこめかみを支える。細いあご。長い首筋。華奢《きゃしゃ》な肩。ふくよかな乳房と柔らかな腰のライン。すがりつこうとするのを拒み、美しい肢体を押しのけた。

「あんなに、求め合ったのに」

震える声が耳に届き、ジャケットを羽織った岡村は失笑する。

煙草を口にくわえ直し、女の匂《にお》いを消すように煙を吐き出す。磨きあげられた靴をソファで履いて、紐《ひも》を結んだ。

女もベッドを下り、ソファにかけた服を慌てて着ようとする。細い肩を押さえ、手近に置かれている灰皿で煙草を揉《も》み消した。

「他人のものだから欲しかったんだ。俺のものにしたかったわけじゃない。それじゃあ、さよなら」

こめかみに近づけたくちびるは押しつけない。

ふいっと離れて、部屋を出る。追いつかれる前に乗り込んだエレベーターの鏡でネクタイの歪《ゆが》みを直した。時計で時間を確認する。

ふいに、雪の日の記憶が舞い戻った。

低い位置でまとめあげた長い髪。シャレたかんざしに雪が降りかかる。

クリスマスモチーフの女着物を身にまとっていた佐和紀は、岡村が着せかけたコートを、ごく当然のように受け入れた。その髪に、肩に、長いまつげに、雪は静かに柔らかく降り続ける。なにげなく交わした、たわいもない会話にさえ、岡村の心は震えていた。

幸せと不幸の、目に見えない狭間《はざま》に永遠があるような気がしたのは、ホワイトクリスマスに酔っただけのメランコリックなセンチメンタリズムだ。

佐和紀が岩下と結婚して、四回目の夏が来ようとしている。

倦怠期《けんたいき》を微塵《みじん》も感じさせない夫婦仲は、ときどき起こる痴話ゲンカさえ楽しみだと言いたげに睦《むつ》まじい。

いいことだと思う。佐和紀が幸せなら、それが岡村にとっても一番の幸せだ。そう心から思えるのに、偽りもまた、どこかで感じている。

人妻を抱いて、長い髪がベッドに乱れるのを眺めるとき、背中に刺さる爪《つめ》があの人のものであればと願う。下卑た横恋慕だと自覚しても、あきらめきれない。

他人の妻を手当たり次第に寝取っても、晴らせる欲望じゃないと知っているのに。慰められると信じることが愚かだろう。

佐和紀以外の存在で埋めることはできない。そんな簡単な想いじゃない。

繰り返し、そう思い知りたいだけの、無様な行為だ。

ホテルの地下まで下りて、愛車のセダンに乗り込む。煙草に火をつけて、ほんのしばらくだけ目を閉じた。

気を取り直した岡村は、大滝《おおたき》組の屋敷へ車を回した。

佐和紀を迎えに行き、途中でランボルギーニに乗り換える。去年の夏、佐和紀のために岩下が買ったスーパーカーだ。

免許取得をあきらめさせるための車だったが、いつも決まって岡村が運転席に乗る。同じく世話係の石垣保《いしがきたもつ》と三井敬志《みついたかし》は一度乗ったきりだ。ギアボックスを壊されそうだと、佐和紀が嫌がり、岡村以外には運転を任せなくなっていた。

助手席のバケットシートに身を任せ、エンジン音に聞き入る佐和紀は、ぼんやりとしたまなざしで海岸沿いを眺める。木綿の着流しがカジュアルな印象だ。

なにを見ているのかと問いかける岡村に、「イルカかクジラを探している」と佐和紀は答えた。冗談とも本気とも判断がつかないが、嘘《うそ》ではないだろう。佐和紀はそういう男だ。

バイパスを使って県境まで走り、海沿いにある料理屋の駐車場へ車を停《と》める。炭火炉端焼きの店だ。

「今日、なにしてた？　仕事？」

車を降り、空を見あげていた佐和紀からなにげなく聞かれる。夏が近くなり、夕暮れはずいぶん遅くなった。ついさっきまで女といた岡村はギクリとした。

おおざっぱなチンピラ気質を根っこにしているわりに、女のように鋭い第六感を働かせると知っているから油断ならない。

「おまえも忙しいね」

答えを待たない佐和紀が、着物の衿《えり》を指でしごきながら言った。襦袢《じゅばん》についた半衿は、水玉模様だ。

「デートクラブの方はうまくいってるんだろ？」

「……そのわりに、暇を作れてないですよね」

時間がないのは、岡村ではなく、岩下だ。大滝組若頭補佐の業務は次から次へと雑用が舞い込む。岡村がシノギのひとつを受け持っても、岩下の生活リズムに大きな変化はなかった。

「忙しいのが好きなんだろう」

軽やかな笑い声に、そんな旦那《だんな》を好いている佐和紀の想いが透けて見える。岡村は自嘲《じちょう》の笑みを浮かべ、料理屋の戸を開いた。

海を眺める個室へ通され、テーブルに仕込まれた焼き網の下に炭が置かれる。運ばれた海鮮物を自分たちで焼くスタイルだ。

「どうせ、ちぃが『仕事』を押し込んでるんだろ」

とりあえずで頼んだ生ビールをぐびぐび飲み、喉《のど》を潤した佐和紀は満足げに目を細めた。

ちぃと呼ばれているのは支倉千穂《はせくらちほ》だ。大滝組の盃は受けていないが、岩下の舎弟分のひとりで、右腕と称されている。別名を『大滝組の風紀委員』といって、構成員でもないくせに、組の風紀が乱れることを嫌悪する潔癖な男だ。

彼の仕事は本業の管理と秘書業務。そして他にもいろいろと噛《か》んでいる。岡村がそのことを知るようになったのは、デートクラブの管理を受け持っているからだ。情報が次々に開示されている。

支倉の眼鏡《めがね》にかなった証拠だと岩下に言われたが、嬉しくもなんともない。かばん持ちをしていた頃とはまったく違う忙しさで翻弄《ほんろう》され続けた一年が走馬灯のように甦《よみがえ》り、うんざりとした気持ちになるだけだ。

それでも、なんとかやってこられたのは、ひとえに佐和紀との時間を確保するためだった。岩下の都合に合わせる必要がなくなり、業務をこなしさえすれば、佐和紀のそばにいる機会も増やせる。

「なぁ、帰りは少し運転していいだろ?」

飲み切ったビールグラスのふちをなぞりながら聞かれて、岡村はトングでエビをひっくり返しながら笑った。

「ダメですよ。もうアルコールが入ったじゃないですか」

そもそも佐和紀には免許がない。

「だって、これは……。ずるいよ。おまえ。先に言えばいいじゃん」

くちびるを尖《とが》らせて拗《す》ねているところへ、焼酎《しょうちゅう》の水割りセットが届く。岡村を制止して、佐和紀は自分で水割りを作る。

免許がなくても、運転はこっそり教えてきた。オートマチックなら夜の山道も転がせる。秋からは、岡村が買った中古のスポーツカーで、マニュアル運転の練習も始めていた。

しかし、佐和紀の運転は、半年経ってもまだクラッチの操作が怪しい。半クラッチがうまくいかず、すぐにエンストさせてしまう。マルチな動作を必要とする運転席よりも、のんびりと乗っていられる助手席が佐和紀の性に合っているのだ。岡村はわかっていたが、ふたりきりの練習が楽しいから言わないままだ。

「あの車でバイパスぶっ飛ばすの、横に乗ってても爽快《そうかい》なのに。運転したら、もっと気持ちいいだろ？」

「そうですね。車体が低いから、疾走感があります」

「運転席、どんなふうだろうなって思うんだけど」

「景色を楽しむ余裕はないですよ。佐和紀さんは特に」

まだそこまで運転に慣れていないからだ。

「そうかもねー」

顔をしかめた佐和紀は思い直したように焼酎を飲んだ。そして、暮れ始めた空と、夕日に染まる海へ視線を向ける。

髪をかきあげる仕草で、さっぱりと切った佐和紀のショートヘアが揺れる。さりげなく盗み見た岡村は、佐和紀自身の女装を思い出した。しかし、化粧っ気のない素顔の方が、何倍もキレイで困ってしまう。

肌もなめらかなら、くちびるの血色もいい。

まつげは元から長く、まばたきすると、かすかな憂いが募る。岩下を思い出しているのだとわかって、岡村は目をそらした。

炭火に炙《あぶ》られているエビや干物をつつき、ウーロン茶に手を伸ばす。

「周平がさ、この前……」

はにかむような笑顔を浮かべ、旦那の話が始まる。

岡村は静かにうなずいて、ときどき笑いながら話を聞く。焼きあがったエビの殻を剝《む》いて、佐和紀の皿に置いた。

岩下と一緒に過ごすときには、いまとは反対に、自分たち世話係の噂《うわさ》話をするのだろうかと思う。そのときの表情を想像しようとしたが、うまくいかない。

「んー、このエビ、うまい」

かじりついた佐和紀が声をあげる。

「食べてみろよ」

残りのエビを無邪気に差し出され、岡村は迷った。皿に受けようとしたが、佐和紀はそのまま突き出してくる。

指ごと舐《な》めてやろうとかと思いつつ、遠慮がちに身を乗り出した。

「あ。しょうゆ、ついた」

佐和紀が笑い、岡村のくちびるの端を指で拭《ぬぐ》う。片手で袖を押さえ、引き戻した指をそのまま口に含んだ。

他意は、ない。わかっているのにドキマギしてしまう。

「な？　おいしいだろ？　もっと焼いて。あー、海がきれいだな」

あっちもこっちもと忙しい佐和紀は、あどけなく窓に貼《は》りつく。和服姿の首筋がしっとり艶《なま》めかしいのに、まるでムードがない。

しかし、それがよかった。いつもの佐和紀らしさに癒《いや》されて、岡村は、捨てたばかりの人妻のことを記憶の隅へと追いやる。

明日にはもう思い出しもしないだろう。

相手がどうなろうと、その家庭がどうなろうと、岡村の知ったことではない。旦那のことを想い、後ろ髪を引かれる女の姿がたまらなかっただけだ。

佐和紀が座っているのと同じ場所に座り、彼女も楽しげに海を見ていた。その横顔に、岡村は誘いを投げかけたのだ。

驚いて振り向いた目は潤んでいて、夜への誘いを待っていたことは聞くまでもなかった。初めて旦那に嘘をつき、日付が変わるまでには帰りたいと言ったのがいじらしくて燃えた。約束通りに帰してやったが、彼女が二度と元に戻れないことを岡村は知っていた。そうなるように、抱いたからだ。間男らしく、優しく無慈悲に男の味を教えた。慣れ親しんだ旦那の身体《からだ》が違和感になるほど、じっくりと快感をもてあそんだ。

ふいに、窓の外を眺めていた佐和紀が振り向く。

「時計、買ったんだな」

笑って小首を傾《かし》げる。気づいてもらうのに三週間かかったと、どうでもいいことを考えながら岡村は笑い返した。

今夜は帰したくないと、人妻相手になら言えたのが嘘のようだ。

「やっぱり、おまえに似合ってる。ん？　なに？」

「覚えてたんですか」

「雑誌に載ってたやつだろ？　見たら、思い出した」

佐和紀を前にすると、なにも言えなくなる。

嘘をつかせるなんて考えもしないし、二度と戻れない道になんて、近づけさせたくもない。

「そう言ってもらえてよかったです」

心を隠し、殻を剝いたエビを差し出すと、佐和紀が口を開いた。

「熱いから、気をつけてくださいよ」

そっと差し出し、手で食べさせる。かじりついた佐和紀は「熱い熱い」と騒ぎ、岡村は「だから言ったのに」とあきれたふりをして、ひっそりと目を細めた。

＊＊＊

岡村が管理を任されているデートクラブのオフィスが入っているのは、港が見えるビルの高層階だ。表向きには交際クラブということになっているので、そのオフィスも下の階にある。

そして、ふたつを統括する『事務所』は、まったく別のマンションの最上階に設けられていた。中へ入るには、コンシェルジュのいる受付で毎月変わる暗証番号の入力を求められる。

最上階直通のエレベーターと事務所の入り口につけられた監視カメラは死角ができないように設置されていて、セキュリティは万全だ。

事務所に入ると、いくつかのデスクの他に書架が備えられている。雑然として見えるのも、擬態のひとつだ。デートクラブに関連する重要書類は、一枚も保管されていない。書類の在処《ありか》を知っている人間も限られている。

部屋の中には、ヘッドフォンをつけた若い男がふたりいて、それぞれがデスクに置かれたパソコンに向かっている。岡村が入っても素知らぬ顔でヘッドレスト付きのイスにもたれていた。

いつものことだから気にせずに後ろを通る。いきなり、がしっと腕を摑《つか》まれた。

「ロロ・ピアーナ。サマータスマニアン。いい色。テーラー変えた？」

ヘッドフォンをはずした男は、まだ少年のような目をきらりと輝かせた。

「いつもと同じだよ。留学帰りの息子が担当したけど」

「それだ。ステッチどうなってんの？　採寸もやり直した？　っていうか、太った？」

「うるさいよ、おまえは」

ジャケットのボタンをいそいそとはずされ、笑いながら指を払いのける。ジャケットを脱いで渡し、奥にある部屋へ向かった。

ノックをして中へ入る。窓のない部屋に、ドアがもうひとつ。

狭い室内はゴシックなアンティーク家具で埋め尽くされ、向かい合わせに置かれた亜麻色の大きな革張りソファが空間のほとんどを占拠している。その後ろには存在感のある大きなデスクが置かれていた。

「北見《きたみ》さん」

声をかけると、手前のソファの背もたれに乗った靴下が揺れた。片方だけ、足があがっている。近づいていって覗き込むと、胸の上で両手を組んだ細面の男が億劫《おっくう》そうに片目を開いた。

「……うん。そんな時間か。ジャケットは、どした？」

また目を閉じ、両手で顔をこする。

ボタンをはずしたワイシャツに、毛玉のできたジャージパンツ。ちぐはぐな格好のせいで、さらに疲れて見える。

「追い剝《は》ぎに遭いました」

「また新調したのか。金が余ってるな」

笑いながら、ゆっくりと起きあがった頭には寝癖がついている。年齢は四十代前半だが、飄々《ひょうひょう》とした表情は若い。

北見雅彦《まさひこ》。デートクラブの支配人であり、交際クラブの総支配人でもある。立ちあげの頃からのメンバーで、前歴は整形外科医だ。

「寝てないんですか」

「敬語やめろー、って言ってんでしょ」

おどけた調子で睨《にら》まれる。

「貫徹麻雀だよ。どこかの誰《だれ》かみたいに、お兄ちゃん譲りの絶倫かますような甲斐性《かいしょう》ないからねぇ」

「してませんよ、そんなこと」

「またまたぁ。よく言うよ」

「負の遺産は整理しましたから」

岡村の答えに遅れて、ノックの音が響く。ドアが開き、デスクに座っていた男たちとは別の若い男が顔を見せた。色を抜いた髪に、眉《まゆ》を細くした派手な顔立ち。イマドキのイケメンだ。

「起きてくださいよー、北見さぁーん。あ、岡村さん。もう来てたんですか」

「起きてるよー」

ソファの背に身体を預けた北見がひらひらと手を振る。

「じゃあ、あのジャケット……」

と言いながら振り向くより早く、若い男の脇《わき》をすり抜ける影がある。岡村のジャケットを腕にかけて、つかつかと歩み寄ってくるのは、隣の部屋で追い剝ぎをした男だ。

「胸、計らせてください。あと、腰と」

巻き尺をシャッと伸ばし、うんざりしている岡村を無視して胸囲を計り出す。

「おー、すっげ、成長してる。腰は……、こっちもやってんですね。腹筋……」

「やめろ」

ワイシャツを引きあげられそうになり、男の肩を押しのける。相手は不満げにくちびるを尖らせた。

「岡村さん、これ以上は鍛えない方がいいですよ。特に、胸囲は自然に任せた方がいいです。あと、できればヒールを一センチ増してくださいよ。バランス取れますから」

「いいんじゃないの？　もうじゅうぶんカッコいいんだから」

ドアのそばで腕を組んだイマドキのイケメンがあきれて笑う。巻き尺を手にした男は眉を吊《つ》りあげた。

「嫌です。岩下さんに見劣りして欲しくない」

「あの人と比べられても……」

ひとり言を口にした岡村も、振り向きざまに、ギロッと睨まれた。

成り行きを眺めていた北見が笑いながら間に入る。

「いいから、コーヒーでも作ってきて。ジャケットは置いていけ」

言われた男は、ジャケットをコート掛けのハンガーに吊るした。丁寧な仕草だ。出ていく間際、くるりと振り向く。

「岡村さん、今度も同じ人に頼んだ方がいいですよ。岡村さんは岩下さんより若いんですから、若い人の感性で作ってもらった方がいい」

そう言い残して、部屋を出ていく。

「あいっかわらず、マニアだな」

ドアを閉めたイマドキのイケメンが肩をすくめた。デートクラブのスカウト総括を務める仲洋平《なかようへい》は二十代半ばだ。ここに住んでいる。北見と、隣の部屋のふたりも一緒だ。

「岩下さんには見向きもしなかったのに、不思議」

「あいつは完成されてるからな」

岩下とは長い付き合いの北見は軽い口調で笑った。

「まぁ、岡村さんは変わりましたもんねー」

仲が答える。北見は首を傾げた。

「それともさ、単なる好みの問題かもしれないな。似てるようで、違うから」

「あいつ、その気《け》はないでしょ」

「スーツフェチなんだよ。女とやってても、スーツの匂いがないとイケないとか言ってたしな」

「あー、岡村さんのスーツも嗅《か》いでますもんね」

「え……」

岡村が固まると、仲はひょいと肩をすくめた。

「仕事の話、しましょうか。新しいのを二、三人見つけてきたんで、どこに振るかを決めてください。ＶＩＰ用のいいのも、やっと見つかりましたよ。そっちからいきます？」

言いながら、部屋の壁添いに置かれたチェストの引き出しをガサガサ漁《あさ》る。ふらりと立ちあがった北見がテーブルの上にラップトップを置いた。

仲が封筒を手に振り向く。

「えっと、今回は三人ですね。男がふたりと女がひとり。さっき言ったＶＩＰ用は男。この子です」

岡村に向かって写真を示し、北見にはＵＳＢメモリを渡す。

会員制デートクラブの中でＶＩＰとして扱われているのは、金と地位を持て余し、さらに付加価値がついている客だ。たとえば、政治家・実業家・警察官僚。リストの存在が外部に流れただけで一大事になる面々ほど人に言えない性癖がある。彼らの欲望を満たすためには、ただの売春婦ではダメなのだ。

二年前に引退した売れっ子男娼《だんしょう》のユウキが抜けた穴は、いまだに埋まっていない。外見と頭の回転の良さに加え、変態行為に耐える体力と精神力が必要だから、そんじょそこらの『アバズレ』では務まらない。

仲の示したスチール写真の中に収まった少年は、すらっとした細身の美形だった。黒目がちの瞳《ひとみ》に憂いがあり、横顔にもムードがある。要求した表情を作ったのだとしたら、演技力はよほどのものだ。

「イケてるよな。色白なのは、ライトの効果？」

ラップトップを操作していた北見に問われ、

「いや、元から。きれいな肌をしてますよ。『実技』の映像もあるので」

仲が答える。ものは言いようだ。要するに、実技テストと秘密漏洩《ろうえい》を防ぐ目的で、スカウト担当が味見をしているセックスビデオだ。

「北見さん、見たんですか」

岡村の問いに、北見は首を左右に振った。

「いいや、初見」

再生ボタンが押され、編集済みの盗撮映像がラップトップの画面いっぱいに流れ出す。いまさらドギマギすることもない、見慣れた性行為だ。キスから始まり、フェラチオに移行し、そのまま本番、もしくは素股《すまた》がいつもの流れだ。

「ビデオの映りもいいいな」

北見が感想を口にする。確かに映像映えする容姿だ。色白かどうかはわからないが、どの角度も悪くなかった。

ただ、岡村には引っかかるものがある。どこかで見た気がするのだ。

仲が手を伸ばし、音量のボタンを押す。

「あとは、声がいいんですよ。エロくて。バカみたいに喘《あえ》ぐわけじゃないのが、よくないですか？　病気もないし、頭もいいです。これで処女なら、最高だったんだけど」

「いやいや、このレベルで処女は反対にヤバイ」

仲と北見のやりとりを横に、岡村はひとり、息を呑《の》んだ。

押し殺した声を聴いた瞬間、体温が急激に上がり、動悸《どうき》が激しくなった。既視感の出どころに気づく。

佐和紀に似ているのだ。

容姿じゃない。声だ。息遣いのリズムが、岡村の記憶を無理やり呼び起こす。

「どこの子？」

停止のボタンを押し、岡村は仲を振り返った。胸のざわつきは収まらないままだ。

「素性調査はまだ完璧《かんぺき》じゃないんですけど。学校はK応で。名前は知世《ともよ》、だったかな」

「上は『原田《はらだ》』？」

北見がすかさず口を挟んだが、

「なんでですか。えっと、『いち、ば』って名字で」

若い仲に、さらりとスルーされる。完全なジェネレーションギャップだ。

「洋平。書類、見せて」

表情を引き締め直した岡村は、スラックスのポケットから携帯電話を取り出す。

渡された書類を手にして電話をかけたのは、組事務所だ。出てきた構成員に、別の男を

呼び出してもらい、書類に書かれた『壱羽知世《いちばちせ》』について照会を頼む。

パソコンを叩《たた》くわずかな時間を置いて、答えはすぐに出た。

「ダメだ。うちでは使えない」

電話を切って、仲に言う。

「北関東の、壱羽組の次男坊だ」

「ん？」

仲は首を傾げ、北見が手を打った。

「あぁ、長男がアレな……」

「なんですか、それ」

「壱羽さんとこの長男は、ちょっと頭が弱いんだよ。組長の父親は去年、よその組長の代わりに代理出頭して刑務所の中だ。組は長男の嫁が仕切ってる。確か、借金を返すために裏風俗へ入ったんだよな。違った？」

「詳しいんですね」

岡村が説明する必要はなにもなかった。

「小耳に挟んだ程度だよ。一時期は、長男を男嫁に出そうとしてるなんて話もあったって。いい嫁ぎ先がなかったんだろうな。弟もこんなにきれいな顔してたとは……。まぁ、身元も動機もはっきりしてるし、バイトさせるぐらいならいいんじゃないですか。金がないんでしょう」

「いや、ダメだ。いまどこにいる？」

北見に首を振ってみせ、岡村は仲へ尋ねた。

「面接ってことで、下の部屋に待機させてますけど……。えー、絶対ＶＩＰ採用だと思ってたのに。期間限定とかダメですか」

「冗談だろ？」

作り笑いを向けると、仲がくちごもる。

裏に誰がいるか、わからない。もしもヤクザが絡んだ騒動になれば、責任を取りに出てくるのは岡村の兄貴分だ。そうなれば、岡村だけでなく、北見と仲も連帯で責任を取らされるだろう。そういうときの岩下は容赦がない。

「俺が直接断る」

岡村が言うと、

「それがいいかもね」

賛同した北見が立ちあがった。

「シャワーを浴びて着替えます。残りのふたりについては後で見ますから、岡村さんは先にチェックだけしておいてください」

「うぉ～、イチ推しだったのに……」

髪をかき乱した仲が、しゃがみ込む。

「また頑張って〜。そろそろリミットだよ〜」

北見が笑いながら部屋を出ていき、仲はますます髪を乱す。

その騒がしいところが、世話係のひとりである三井に似ている。だから放ってもおけず、
岡村は指先で髪をくるくるともてあそんだ。

「慰めてるんですか？　からかってんですか？」

じっとりとした恨みがましい目を向けられ、岡村はおかしみを感じる。どっちでもあり、
どっちでもない。

「さっさと使える上玉、探してこいよ」

笑いながら言うと、仲はますます拗ねた目になった。


残りのふたりは問題なくデートクラブでの採用となり、研修へ回す段取りをつけた。

身繕いを済ませた北見と岡村はエレベーターに乗り、中層階へ向かう。

「照会が至らず、ご迷惑をおかけしました」

ノータイのカジュアルなスーツを着た北見は、礼儀正しく敬語を使う。さっきまでの薄
ぼんやりとした所帯臭さがまるで嘘のようだ。

「岩下なら、どうしたと思う」

岡村は敬語を引っ込めて尋ねる。

「同じですよ。俺の下に恥をかかせないのがいいところだから。仲にはよく言っておきます」

「あんまり焦らせるなよ」

「そう言ってるんですけどね……」

北見は重いため息をつく。二年前に抜けたユウキの後釜《あとがま》を狙《ねら》った男娼が、意気込みからは程遠く、あっさりと心を病み、VIP向けの男娼は手薄なままだ。中堅レベルは数人いるが心もとない。仲が採用を焦るのも無理はなかった。

「壱羽の次男坊。地元では『白蛇《しろへび》』って呼ばれてるらしいですよ」

ぼそりと言われ、岡村は斜め前に立つ北見の肩を見た。

「もしかして、長男を採用しようとしたことがあったんですか」

「敬語。下の階では出さないでくださいよ」

「……わかってる」

岡村が言葉を戻すと、肩越しに視線を向けてきた北見がにやりと笑う。

「岩下に対して金の工面を頼んでいたのはご存知じゃないですか？　父親が」

「それは、もちろん知ってる」

「その前から愛人にしてくれって話はあったんですよ。内々に」

「まさか」

「面接代わりの味見はしたと思うけど。好みじゃなかったんでしょう。とにかく採用には至らなかった」

岩下はシビアだから、理由はいくつも考えられる。

ただ顔や身体がきれいなだけでは商品にならない。特にＶＩＰ向けの接客は、高度なバランス感覚が必須《ひっす》だ。嘘を真実と思い込み、その裏で偽りを受け流す度量がなければ、精神崩壊まで一直線になる。

「弟の方もそのときに？」

「それはないですよ。当時、中学生だったはずだから」

シャワーついでに記憶をたどったのだろう。北見が続ける。

「なにかとからかいの対象になる兄貴を守って、ケンカ三昧《ざんまい》だったって話で。報復のしつこさと色白なのをかけて、『白蛇』って呼ばれてたらしいですよ。手を出したら祟《たた》られるって噂もあったらしくて。……岩下も、こっちが年頃だったならって言ってたかな。俺もそう思った」

「推してます？」

「気が変わったら、いつでも言ってください」

エレベーターが指定階に着く。マンションはいくつかの棟に分かれていて、それぞれにエレベーターがある。ホールは左右に伸び、部屋は左右にそれぞれ一室ずつ。ふたりは右側へ向かった。

部屋のチャイムを鳴らすと、先に降りていた仲が顔を見せた。

迎え入れられて、北見が先頭に立つ。部屋の中はホテル同様、土足ＯＫだ。広い玄関から、幅にゆとりのある廊下を抜けて両開きの扉を開く。リビングのソファセットに腰かけていた少年が立ちあがった。

書類によれば、年齢は二十歳《はたち》。今年、成人式を迎えた新成人だ。写真で見るより、実物の方が何倍も雰囲気がいい。

色素を抜いた明るい茶髪が、白い肌とあいまってフランス人形のように印象的だ。繊細な顔立ちをしていて、すっきりとした鼻梁《びりょう》はやや低く、頬《ほお》に丸みがある。

「はじめまして。壱羽知世です」

はっきりと名乗ってから会釈をする。物怖《ものお》じしない目が、北見を捉《とら》え、すぐに岡村へ向く。

ふたりの立場を瞬時に見抜いたのが、瞳の輝きでわかった。

ゆっくりとしたまばたきは、緊張しているようにも見え、同時に演技にも思える。潤んでいるような黒目がちの瞳を向けられた岡村は、無表情に相手を見つめ返した。

事務所で聞いた喘ぎ声を思い出すと、尾てい骨あたりがうかつに痺《しび》れる。佐和紀の媚態《びたい》を脳裏から追い出し、知世をあらためて値踏みした。

シンプルなサマーニットに綿パンを穿いた知世は確かにきれいだ。でも、佐和紀のような蠱惑《こわく》的な色気はなかった。なんとなくホッとしながら、北見を一歩下がらせる。

「壱羽組の次男坊だな？　大滝組の岡村慎一郎だ。ここを誰に聞いた」

出し抜けに聞くと、知世は岡村の背後に控える北見と仲を交互に見る。

「……スカウトされて」

「それは手違いだ。わざわざ足を運ばせて悪かった。採用はできないから帰ってくれ」

「どうしてですか。問題があれば直します」

「系列の組の、しかも組長の息子に身体売らせたなんて。噂が立つと迷惑だ」

「言いません」

「噂は火のないところから立つ。痛い腹があれば、なおさらだ。兄貴の嫁がいい例だろう。学習能力はないのか」

「……だから、金がいるんです」

「兄貴のところに、子どもでもできたか」

岡村の一言は図星をついたらしい。知世の表情は見てわかるほど厳しくなる。

「もう義姉《ねえ》さんに苦労はかけられない」

「そこにもツテはあるだろう」

裏風俗で働いていたなら、知世が稼ぐためのゲイ専用店もあるはずだ。

「ここが一番稼げるって聞いたんです。それに……支度金が出るって」

「タチの悪さについては聞かなかったのか。……座れ」

あごを動かし、続けて仲へ目配せを送る。

「現金を持ってきてやれ」

命じると、仲は驚きもせずに腰をかがめた。短い返事を残して部屋を出る。

岡村と北見がソファへ腰かけると、知世はようやく向かい側に座った。

「雇ってもらえるんですか」

「それは無理だ。金は面接の交通費とでも思えばいい。ビデオは消しておく」

「あれはお金になりませんか」

「いま、百万を用意させてる。まだ足りないか」

岡村の返事に、知世の細い肩がびくっと震えた。目が丸く見開かれる。

「……そんな金額、場末でウリやってるだけじゃ、返せません。利息だって」

「いい。持って帰れよ。それで、すべてを忘れろ。ここのことも、ここが誰の持ち物かも。他言するなよ」

「……。岡村さん、でしたよね？」

ごくりと喉を鳴らし、知世は膝《ひざ》の上で拳《こぶし》を握る。

「冴《さ》えないかばん持ちだって聞いてたけど、違うんですね……」

「見たままだ」

自嘲して答えると、知世は息を吸い込みながら顔を上げ、視線が合うと慌ててうつむいた。黙っていた北見が口を開く。

「冴えないかばん持ちが預かってる店なら、簡単に潜り込めるって言われてきた？」

陽気に笑いながら続けた。

「残念だけど。大滝組若頭補佐譲りだからね。隙《すき》はないよ」

「そんなつもりじゃありません。お金は、ちゃんと返します」

「それも迷惑な話だ」

岡村の言葉に知世の肩が揺れる。

「妙な繋《つな》がりは持ちたくない。今回のことはこっちのミスなんだ。どうしてもと言うなら、金を持ってきた男と寝て帰ればいい」

立ちあがると、つられたように知世も腰を浮かせる。

「あなたじゃ、ダメですか」

必死の声で言われ、岡村は動きを止める。視界の端で、北見が目を丸くしていた。

「冗談じゃない。男を抱くのに金なんて払わない」

顔を歪めて部屋を出ると、北見が追ってきた。エレベーターホールで仲を待ち、あとの始末を任せて事務所へ戻る。

「一目惚《ひとめぼ》れ、って顔してたなぁー」

最上階のボタンを押した北見が、エレベーターの壁へ背中を預けた。顔を覗き込まれた岡村はうんざりと視線をそらす。

「岡村さんは、岩下をモデリングして仕事してるだろ。相手のさばき方も見てきてるんじゃないの？」

「中途半端だって言いたいんですか」

「いや、まだまだ惚れられる自覚がないんだなぁと思ってさ。あいつはモテて当然ってヤツだし……、節操なかったもんなぁ」

笑った北見は懐かしそうに目を細め、岡村の肩へと手を伸ばした。ポンッとスーツの肩を叩かれる。

「そろそろ、オリジナリティを出していい頃だ。あんた、元からカッコいいんだよ。それは岩下も認めるところじゃないか」

「なにを言いたいのかわかりません」

「百万もの金を渡した相手がどうなるか、知ってんでしょ？　それさ、岩下に言われてあんたが渡すのとは、もう意味が違うからね。……あの子、仲と寝て帰るかな。その度胸はあるだろうけど……」

含みのある表情で肩をすくめ、北見は首を傾げた。

「寝たら、あとくされのない金になるもんなぁ……」

エレベーターの天井を見あげ、もう一度肩をすくめた。

＊＊＊

岩下のオフィスに呼ばれたのは、数日後のことだ。

社長室へ続く受付兼秘書室に入ると、デスクに詰めている静香《しずか》が顔を上げた。派手な化粧とボディコンシャスな服装がゴージャスな美女は、赤いくちびるをゆるめるようにニコリと笑う。

「お茶請けにと思って買ってきたんだけど。アニキが食べなければ、静香さんが持って帰ってください」

手土産《てみやげ》を渡すと、紙袋の中を覗き込む。

「ありがとう。あとでお出しするわ」

「支倉さんは？」

「中にいるわよ」

内線をかけようと受話器に手を伸ばした静香が、ふいに視線を向けてきた。

「慎一郎くん、背が伸びた？」

「上げ底です。一センチ」

デートクラブの事務所で言われた通り、靴の底を少し高いものに変えたのだ。

「一センチ？　本当に？　不思議ね、バランス良く見えるわ。……ほんと、いいスタイリストがいるのね」

からかうような視線を受け、

「静香さんの思っている人じゃないですよ」

一応の弁明をする。静香はくちびるの端を歪め、内線をかけた。岡村の到着を連絡すると、丁寧に受話器を戻す。

「どんどん遠くに行っちゃうみたいね。社長のかわいいかばん持ちだったのに」

「精いっぱい背伸びしてますよ。上げ底するぐらいには」

「あらあら、謙遜《けんそん》謙遜。ヤクザじゃなかったら、結婚して欲しいぐらいだわ」

冗談とも本気ともつかないことを言った静香に促され、世間話もそこそこに社長室のドアをノックする。しばらく待つと、ドアが開いた。

出迎えに来た支倉と会釈を交わして中へ入る。

天井の高いオフィスは、いつ訪れても実際より広く見えた。

正面には横浜の街と海を眺められるハメ殺しの大きな窓があり、ガラスで作られたシャンデリアの下に、高級家具メーカーのスタイリッシュな応接セットが据えられている。

入り口のそばで一礼をしてから、岩下が待つ重役デスクに近づいた。スリーピースのジャケットを脱いだベスト姿の岩下は、ネクタイを少しだけゆるめている。

大きなキャンバスを三つ並べても窮屈にならない壁はそれだけで威圧的だが、岩下の存在感はそれをはるかに超えていた。イスにもたれ、肘掛《ひじか》けに腕を預け、手を組んでいる。

年齢を重ねるごとに増していく貫禄《かんろく》は、黒縁眼鏡の独特な色気と合わさって匂い立つように凜々《りり》しい。

毎日のように顔を合わせていても圧倒的だったが、時間を置くといっそう凄《すご》みを感じる。

岡村の背筋も自然と伸びた。

「壱羽の次男坊がデートクラブの面接に来たらしいな」

ふっと表情が和らいだが、対する岡村の緊張は微塵も解けなかった。事の流れを簡潔に報告する。

「金をやったのか」

からかうように笑われ、

「きれいな顔をしていたので」

なに喰《く》わぬふりで答える。

「へぇ……」

イスに座って見あげてくる岩下の視線が、心の内までも検分するようで落ち着かなかった。

「愛人にでもするのか」

「恩を売っておいただけです」

即答を返す。余裕のなさを露呈したような気がしたが、指先で眼鏡を押しあげた岩下からは指摘されなかった。

「おまえも成長したよな。誰のために頑張ってるのやら」

ちらりと視線を向けられ、今度は即答ができない。黙り込むと笑われた。

「俺のためだって、言わないのか」

言うべきだとわかっていたが、『誰のため』と問われて思い浮かぶのは、まったく別の人物だ。岩下と同じように眼鏡をかけ、同じようにからかいの笑みを浮かべるが、岩下と対峙《たいじ》するのとは、まったく違う感情の渦に突き落とされる。その男は佐和紀だ。

軽いため息をつき、岡村は口をつぐんだ。

本当のことは自明だが、自分からは口に出さない。

ビジネスチェアから立ちあがった岩下はデスクを回り、目の前に立つ。岡村のネクタイをすっと引き出し、指にすべらせながら、デスクに腰を預ける。

たわいもない仕草が様になる色男だ。

　ずっと近くで眺めてきたから、仕事をするときの岡村は知らず知らずのうちに岩下を真《ま》似《ね》る。それでも完全なコピーができるわけではない。彼ほどのスマートさを持てるとも思わなかった。

「いい色だな。スーツも新しい。シャツもか？　誰の趣味だ」

「佐和紀さんです」

　見つめてくる視線を真っ向から受け止めて答えた。

「食い散らかしてる人妻に選ばせたらどうなんだ。……いまさら、おまえの悪行で支倉に突きあげられるのはゴメンだ」

　冷たい口調で言われ、斜め後ろに立つ支倉をちらっと見る。

「あまりに節操がないので、進言しただけです」

　余計なことだ。不満を隠さずに睨むと、周平にネクタイを引っ張られた。

「仕事ぶりに文句はない。俺の昔を思えば、口を出せる話でもない……んだけどな。相手を選べよ……」

「なにか、迷惑でも」

「佐和紀に知られたくないだろう。別れ話でトチ狂った女が、事務所まで乗り込んできた話なんて」

　こともなげに言われたが、岡村のこめかみはぴくりと引きつった。

「誰ですか、そんなことするのは」

「知らねぇよ。事務所行って聞いてこい」

周平が笑い、続きは支倉が答えた。

「建設会社の社長を旦那に持つ人妻が、岡村に一目合わせてくれと駆け込んできたんだ。構成員がなだめて追い返したって話だが、カバンにナイフが入ってたらしい。もう少し、マシな遊び方をしたらどうだ」

初めて聞く話だった。うまく追い返せたから報告するまでもないと、事務所詰めの構成員たちは思ったのだろう。余計な気の使い方だ。

「御新造《ごしんぞう》さんの耳にはすでに入ってるだろう」

淡々とした支倉の声に、感情を逆撫でされる。『御新造さん』というのは、佐和紀に対する組内での呼び名だ。

「相変わらず、俺の嫁をあちこち社会見学へ連れていってくれてるらしいな。……でも、頻度が高くないか？」

岡村のネクタイの先端をもてあそびながら、岩下は引き締まった頬を歪めた。

「ひとりでお食事させるのはかわいそうですから」

「……間男」

ぼそりと言われたが、真剣な声で返す。

「タカシとタモツも連れていってやれよ」

「世話係なんです」

「ふたりとも女がいますから……」

「おまえにも、手を出した人妻が山ほどいるじゃないか」

顔を覗き込まれ、思わず視線をそらす。

「そんなとこまで岩下にそっくりだって言われてくれるなよ。肩身が狭い」

「すみません。気をつけます」

飲み会でからかわれでもしたのだと悟り、素直に謝った。兄貴分に恥をかかせるなんてもってのほかだ。

怒鳴りつけない岩下だからこそ、申し訳なさが募る。

「女遊びをするなとは言わない。けど、きれいにやれよ。俺とおまえは違うだろう」

静かな声で諭してくる岩下は、優しい兄貴分の顔でネクタイをジャケットの中へ戻した。歪みを整え、ジャケットの襟を両手でなぞり下ろす。

「人妻をティッシュ代わりにしてる、なんてな。佐和紀が知ったら、どやされるぞ」

この話題とセットでは出されたくない名前を聞き、相手がどう受け取るかを思い知らされて頬が引きつる。

「されたいんじゃないですか」

支倉があきれた声で口を挟んできた。それに対して、岩下はうっすらと笑みを浮かべた。

「あいつは不思議なところで潔癖だぞ」

「はい……」

念を押された岡村の背筋がひやっとした。横恋慕していることは、見透かされている。

「話はそれだけだ」

あっけなく解放されて、岡村は少々、拍子抜けした。岩下は、自分がそしりを受けるより、佐和紀が岡村に幻滅して落ち込むことを心配している。嫁かわいさを、まるで隠そうともしない。

「……あぁ、そうだ」

その場を離れようとした岩下が戻ってくる。肩に手を置かれた。

「ついでに、もうひとつ。それだけ佐和紀の点数を稼いでるなら、キスぐらいできたか？」

からかいで耳元をくすぐられ、わざと色っぽくささやいた兄貴分を振り返る。意地悪く笑いかけられ、じっと見つめ返した。

自分の嫁の身持ちの堅さを知っているからこそ投げかけられる言葉は、岡村が警戒対象にも入っていない証拠だ。

同時に、佐和紀にとっての危険分子でもないということになる。

返す言葉も見つからず、岡村は視線だけを伏せた。

＊＊＊

意地の悪い岩下のからかいに、いちいち腹を立てていたら、舎弟なんてとてもじゃないがやっていられない。

まだマシになった方だ。それでも、佐和紀のこととなると、岡村が受けるダメージは段違いに重い。すべてを知った上での嫌がらせを繰り返す岩下は、言外に「本気になるな」と釘《くぎ》を刺しているのだろう。

性的欲求を募らせたり、肉体関係を求めたり、目に見える繋がりに固執している間は子どもの遊びだとうそぶいた昔の岩下を思い出す。目の前で包丁を振り回されても、手首を切って見せられても、岩下は取り乱したことがない。

相手が昂《たか》ぶるほどに冷め、退屈を嚙み殺すように煙草へ火をつけた。気持ちを試されることに怒りさえ覚えている横顔は、ぞっとするほど冷たく、いつまでも見ていたいぐらいに印象的だった。

岩下になりたいと思ったことは一度もない。あんな男になれるとは思っていない。誰のことも愛さず、誰にも本当には理解されない孤高の存在だったから、憧れと畏怖《いふ》の両方でついてきた。

佐和紀は、そんな岩下を愛している。難解で扱いづらいはずの岩下を、当たり前のように心の中へ招き入れてしまった。ふたりの間には、岡村たち周りの人間にはわからないやりとりがある。それはまるで、ふたりが繰り返すセックスと同じだ。

夜の暗闇《くらやみ》の中でひそやかに交わされる情事によく似ている。

「今日はこれだけにする」

手拭い専門店の買い物かごを持った佐和紀が振り向く。かごの中には数枚の手拭いが入っていた。これからの季節に合わせた夏らしい柄だ。

「スイカはやめたんですか」

「忘れてた」

そう言うと、棚へ戻っていく。水玉柄の木綿着物の袖が軽やかに翻り、淡い白檀《びゃくだん》がふわりと香る。

佐和紀の匂いだと思うと、息をするのも遠慮がちになり、岡村は浅く息を吐いた。

キスなんてさせてくれるはずもない佐和紀から買い物に行きたいと言われ、数日前から寝る間も惜しんで仕事をこなした。

季節ごとに新柄を出す手拭い専門店で、ハンカチ代わりにしたり、普段着の半衿に使う布を買うのが佐和紀の習慣だ。今日は書店にも寄りたいと言われている。

「会計をしてきます」

「財布……」

帯に挟んだガマ口が取り出されるより早く、岡村はレジに向かった。

「こういうの、ダメじゃねぇ？　タカシと違って、おまえはあいつから金を預かってるわけじゃないし」

「たいした金額でもないです」

「そういう問題じゃなくて」

レジの前で話している間にも会計が進む。佐和紀の腕を押さえ、岡村はさっさと現金を出した。

「あなたの身に着けるものを買ったら、怒る人でもいますか」

「その、言い方……。べつに、そんなふうに思ってねぇよ」

「じゃあ、いいじゃないですか」

わざと軽い口調で答える。せつない気持ちになるのは、いつも岡村だけだ。

長襦袢の衿を包む手拭いが、岩下につけられた首元のキスマークを押さえ隠すのだと知っている。それが自分の贈ったものだと思う倒錯は、少しだけ気分がよくて物悲しい。

ショッピングモールのトイレに寄った佐和紀を見送り、岡村は近くの喫煙ブースで煙草を吸った。仕事の連絡がないことを確認するために携帯電話を取り出すと、三井からのメールが届いていた。

今夜は、三井と石垣も交えて、飲みに行くことになっている。仕事の終わる時間と店の提案に返事をして、煙草を揉み消した。ブースを出ると、

「慎一郎くん！」

いきなり声をかけられ、背中を叩かれる。

驚いて振り向いた先に立っていたのは静香だ。カジュアルな私服は、いつものボディコンシャスなスーツとは印象が違う。

それでもスタイルの良さは隠しきれず、抱き寄せたくなるような腰は扇情的に色っぽい。ちらっとだけ見て、岡村は笑い返した。

「驚いた。仕事は？」

「お休みをもらったの」

薄化粧でも、リップだけは赤い静香も笑う。

「子どもたちを映画に連れてきたのよ。私は自由時間。珍しいわね、こんなところで会うなんて。もしかして、デート？　それって本命かしら？　年下？　年上？」

答える隙も与えない質問攻めを繰り出しながら、伸びてきた手が岡村の腰回りを掴んだ。カジュアルなジャケットの中に忍び込み、カットソーを握られる。

「やめてくださいよ。人の休日を台無しにするのは」

「やっぱりデートなのね。人妻……じゃないか。こんな生活感のあるところ来ないわよね」

若者にはデートスポットでも、大人のデートコースではない。

「私よりかわいい子なら許してあげるわ」

「……いや、静香さんに、その権利は……ない」

言葉の途中で、トイレから出てくる佐和紀が見えた。

「あ……」

声を発した静香がぽかんと口を開いた。その手はまだ、岡村のジャケットの中へ差し込まれたままだ。

「……邪魔なら、タクシーで帰るけど」

スタスタと近づいてきた佐和紀が、適当な方向を指で差して言う。

「あ……！　ごめんなさい！」

着物姿の男をまじまじと見た静香は、ようやくそれが誰なのか、気づいたらしい。岡村の腰から、慌てて手を離した。

ちらりと岡村を見て、佐和紀へ向き直り、ふかぶかと頭を下げる。

「いつもお世話になっています」

「誰が？　おまえが？」

指を差され、岡村は苦笑した。

「彼女が、です。アニキのオフィスで受付をしている野口《のぐち》静香さん」

「あぁ、どうも。はじめまして。岩下佐和紀です。……うちのが、お世話になってます」

衿をきりっと直し、佐和紀も頭を下げる。

「支倉と岡村も、かな」

「皆さんには本当によくしていただいてます。これからもどうぞよろしくお願いします。それじゃあ、岡村さん、また……」

にこやかに笑いながらも、静香は素早くあとずさった。

「よかったら、一緒にお茶でもどうですか」

佐和紀の社交辞令にも笑顔で会釈を返す。

「またあらためてお願いします。息子たちを待たせていますから。失礼します」

さっと身を翻すと、テンポよく歩き去る。その背中を見送った佐和紀は胸の前で腕を組んだ。

「びっじぃーん……。エロい腰回りしてるよな。見るからに誰かの好み。わかりやすすぎるよな」

「そういう関係じゃないですよ。静香さんは三人のお子さんをひとりで育ててるんです。終わる関係は好まない利口な人です」

「ふぅん……」

もの言いたげに向けられる視線を受け止める。静香と周平の間に一度も関係がなかったとは言わない。でも、それはもうずっと過去《まえ》のことだ。

「おまえは？　なにもなくて、腰に手を回されたりするの？」

「しますよ」

しらっと答える。静香とは子どもを交えて食事をする仲だが、男女の関係になったことはない。お互いの不文律だ。

彼女の子どもたちが母親に言えない悩みを抱えたとき、サポートできる立場にいろと、周平からも命じられている。

「それぐらい、友人でもするでしょう」

手拭い専門店の紙袋を持ったまま、腕組みした佐和紀の手をほどき、自分の腰へ引き寄せる。一歩、前へ出た。

平日のショッピングモールは人の流れもまばらだ。たとえ見られても気にしない。

「本屋へ行く前に、なにか飲みましょうか」

「……ちょっと待て。こんなに近づいてなかっただろ！」

引き寄せたついでに抱き寄せようとしたのがバレる。腕で包んでしまう前に、手のひらで胸を叩かれた。

「お似合いに見えたけどな。さっきの美人」

腕を振りほどいて逃げた佐和紀が肩をすくめる。言いたいことは口に出されるまでもなくわかっている。

男の自分よりも、女を構え。

佐和紀はいつも同じだ。

「女はもういいんです」

伏せ目がちに答えると顔を覗き込まれた。いたずらっぽく笑いかけられる。

「ずいぶんと食い散らかしたんだってな。人妻ばっかり？　……なんなの。ストレス？」

組事務所にまで乗り込んできたことを、やっぱり佐和紀も知っているのだ。女には本名も明かしていなかったが、知らない間に尾行されていたらしい。知り合いに頼み、あらためてカタはつけた。もう一度会うなんて愚行は犯さない。

言い訳が思い浮かばずに身をかがめると、ふいにうなじを撫《な》でられた。肩を揉むように首の付け根を押される。

「おつかれさん。……でも、刺されるなよ」

笑った佐和紀は、人妻ばかりを選んだ岡村の気持ちを知っている。でも、そこには触れなかった。

「気をつけます」

短く息を吐き出す。胸の奥が熱くて、感情が溢《あふ》れてくる。

抱き寄せたくてもできない人は、見つめることさえ心苦しい。それでも。うなじを撫でられている。ただそれだけのことがすごく幸せだった。

＊＊＊

人妻遊びをやめて困ることはなにもない。

鬱憤《うっぷん》が募っても、ストレス過多になっても、発散する相手はいるからだ。

ただ、別の問題もある。

通い慣れたベッドは、きしみ音を感じさせないマットの直置《じかお》きでキングサイズの広さがある。乱れたシーツ溜《だ》まりの中で、甘だるい匂いをさせた男はしどけなく足を開く。

迎え入れられるままに身を寄せて、突起をくぼみに突き立てる。濡《ぬ》れた肉の中に飲み込まれる感覚は女と同じか、それ以上のものだ。

星花《シンファ》の身体は特別だ。いままで抱いた、どの男とも違っていて、柔軟に濡れそぼっているのに締まりがいい。出入り口だけじゃなく、肉襞《にくひだ》全体が絡みつくようだ。

腰を引くと、すぼまりが吸いつき、突きあげると奥までほどけて柔らかい。

「んっ……はっ」

星花が息を乱した。汗で濡れた長い髪をかきあげ、快感に目を細めてのけぞる。

「まだ、するの……。嬉しいけど、ん……」

両手で腰を引き寄せて、きつく奥を突く。さざ波が起こるように身を震わせ、星花は甘い声をあげた。

人妻を寝取る倒錯的な快感の代わりに得るのは、男を組み敷く興奮だ。それが『問題』だった。

細くても男の硬さを持った身体は、ときどき、佐和紀への渇望を思い出させる。かつて盗み聞きした佐和紀の喘ぎ声と星花の息遣いが重なり、歯止めが利かなくなっていく。

相手が人妻なら遊びだと言い切れるのに、星花とのセックスには言い訳が思いつかない。

「あっ……ん、はげし……っ」

両手が伸びてきて、片方に背中を抱かれ、もう片方にうなじを引き寄せられる。その瞬間に、ねぎらうように触れてきた佐和紀の指を思い出す。

岡村はたまらず奥歯を噛みしめた。萎《な》えない昂ぶりをさらにねじ込むと、さすがの星花も苦しげに眉をひそめた。逃げかける腰を両手で引き戻す。

「うっ、ン、……はっ、や、だっ……」

生粋の淫乱が、泣き言めいた声をあげて腰を揺する。

「気持ちいいくせに」

額を合わせて、顔を覗き込む。片手で頬を軽く叩き、閉じた目を開かせる。

「見てろ。イッて欲しいだろ……。このまま、奥で」

「さ、っき……より、深いっ……」

星花にうなじを撫でられ続け、凶暴なほど募る欲求が抑えきれなくなる。星花は知らないことだ。佐和紀が悪びれずになにをして、それを岡村がどう受け取るか。他人はみんな知らない。

「最近、他の男にこのあたりをこすられたか」

「……ないっ……あ、きもちいっ。いいっ……し、して。もっと……」

三度の飯よりも、男に揺すられるのが好きな星花は、中華街の情報屋だ。気に入った男には金の代わりにセックスでの支払いを求める。

出会いは岩下からの払い下げだったが、いつのまにかビジネスライクを通り越した。佐和紀への横恋慕を知っている星花もまた、岩下に惚れていて、互いに傷を舐め合う仲だ。

それが妙な親近感を生み、いまではすっかり気心の知れたセックスフレンドになっている。会う場所もホテルではなく、星花の自宅に誘われるほど親しい。

「いやらしいこと言えよ」

腰の動きを控えめにしてささやくと、刺激を欲しがる星花の腰は自分からガクガクと揺れる。

「勝手に動くな。萎える、だろ……」

胸に手をすべらせ、尖った乳首を指でつまむ。びくっと跳ねた腰を緩慢な動きで責めると、星花は身を揉むようにして喘いだ。

「……犯、してっ……なんでも、するっ……からっ」

息遣いが喉で引きつり、泣いているような声になる。

「気持ち、いいっ……。シン……っ、慎一郎っ……。おかしく、なるっ……。突いてっ……あ、あっ」

すがるように求められて、一気にラストスパートをかける。星花は大きな声をあげて、シーツを握りしめた。岡村を包む内壁が脈を打つように絡みつき、一刺しごとが目眩《めまい》を生むほどの快感だ。

抗《あらが》って穿《うが》ち、ずりあがる身体を押さえるように肩に肘をつけて頭を抱える。腰を思いきり振って、奥をえぐると、星花は逃げ惑うように身体をよじった。

「い、くっ……あっ！　いっ、く……んー、っ。もっ……あの、人よりっ……すごっ……あぁっ！」

四肢を突っ張らせた星花が、喉を晒《さら》してのけぞる。ガクガクと揺れる腰を押しつけられ、始まった射精の最後の一滴まで絞られた。

「あっ……はっ……ぅ」

終わってもまだ離れようとしない星花のくちびるを吸いあげ、顔を歪めた岡村は、唾液《だえき》を与え合うように舌を絡めた。

「感じすぎ……」

舌のふちが触れてもビクつく腰を、そっと押しやる。

「やだ」

とろりとした目でしがみつかれた。仕事だけの関係のときは見せなかった顔で、星花はかすかに甦る快楽を追う。なめらかな頬を岡村の肩にすりつけ、軽く歯を立てた。腰がビクビクと揺れる。

ふたりの身体の間で濡れそぼっていた屹立《きつりつ》も、白い体液を撒《ま》き散らして生々しく、上気した色に染まっている。

「きれいにさせるか」

声をかけたが、意識を飛ばしてしまった星花は喘ぐばかりで答えない。

岡村が振り向くと、星花の用心棒を務めている双子は後始末の準備をして待っていた。指先で呼び寄せると、湯の入った桶《おけ》とタオルをそれぞれ持ってきた。桶をベッドのそばへ置き、双子たちは星花に覆いかぶさるようにして、精液の散った肌に舌を這わせ始めた。

あとをふたりに任せ、岡村はゆっくりと腰を引き抜く。深く差し込んでいた場所は初めこそぽっかりと開いていたが、精液を溢れさせると、すぐにすぼまる。双子のひとりが指を這わせた。

星花はこのまま、彼らと、もう一ラウンドだ。それを見るともなく眺めながら、下半身を拭った岡村は大きな羽毛枕《まくら》を背に挟んで座る。

片足を床に伸ばし、煙草に火をつけた。

双子からの愛撫《あいぶ》に喘ぐ星花は、片割れのものを受け入れ、もう片方の股間《こかん》にも手を伸ばす。自分がなにをしているのかもわかっていないような、うつろな目が岡村を見る。視線を返すと、淫《みだ》らに微笑《ほほえ》んだ。

あの人よりすごい、なんて、たいしたリップサービスだ。それほど気持ちよくなれたのなら本望だが、もう二度と触れられない相手を想う星花も報われない。

そして、星花から欲しいと訴えかけられる瞬間、その言葉を佐和紀からのもののように感じる自分の浅はかさを、岡村は否定できなかった。

去年の秋に巻き込まれた事件で、記憶を失くした佐和紀に、星花との情事を見られた。本人に記憶はないが、岡村は覚えている。下半身の昂ぶりをあどけない視線で覗き込んでいたのだ。そんな佐和紀を思い出すと、いたたまれなくなる。

紫煙をくゆらせ、記憶をもてあそんで星花を見た。

あのときの佐和紀を知っているのは岡村と星花、そして事件の発端となった人物だけだ。岩下も他の世話係も知らない。

だから、共通の秘密を抱えた星花との距離が急激に近づいたのだ。

佐和紀のことを思い出し、寝た子が起きる。最近、特に言うことを聞かない下半身が首をもたげ、それに気づいた星花が手を伸ばしてきた。

双子を満足させ、自我を取り戻した顔が額《ぬか》ずく。

「名前、呼んでいいのに」

ふっと息を吹きかけられ、先端を舐められた。

「……うるさい」

と、岡村はそっけなく答えたが、

「こっちは、幻聴が聞こえそうなぐらいだけどね」

星花に心の中を見透かされている。

でも、相手が本物なら、あんな抱き方はしない。岡村はそう思う。もっともっと、優しく大事に、丁寧に抱くだろう。

「人妻喰いはやめたの？　ご無沙汰《ぶさた》すぎて、捨てられたかと思ってたんだけど……」

指先で形をなぞられる。双子たちは湯桶でタオルを絞り、星花の身体を拭《ふ》き始めた。

「事務所に押しかけられて、アニキに怒られた」

「あー、それはご愁傷さま。しばらくはここへ通う？　女も欲しいなら用意するけど」

「ここは娼館か？」

「そのときは別の場所だよ。俺たちのベッドに上がれるのは、あんただけだもの」

「……まったく嬉しくない」

「そんなこと言って、すっかり馴染《なじ》んでるくせに。岩下さんもここには来てないんだよ。……ね、特別」

言いながらも、星花は手にしたものを離そうとしない。よく見ていないと、またくわえられてしまいそうだった。

「おまえは俺の他にも相手がいるだろう」

「んー？　やきもち？」

上半身を拭われた星花は、牡丹《ぼたん》の花がプリントされている薄いローブに袖を通した。

「誰か、いい愛人候補でも見つけたら？　俺との関係は継続で」

「継続なのか」

「継続でしょう？　縁が切れたら、仕事にならない」

裏社会に詳しい星花は、使い勝手のいい情報屋だ。

「たまにだから、いいんだよ。おまえは」

「毎日、あの調子じゃ、こっちだって壊れるよ」

真剣に言われ、笑いながら視線を向けた。星花はいたずらっぽく片目を閉じる。

「いないの？　愛人にしたい相手。佐和紀さんに似てる子とか」

双子から濡れタオルを受け取った星花は、丁寧に岡村の身体を拭き始める。

「いるんだ？」

「声だけだ」

脳裏に思い出すのは、知世の喘ぎ声だ。立ったときの背格好も似ている。

「もってこいじゃない？　とりあえず、抱けばいいのに」

「下部団体の組長の息子だ。どこで聞いたのか、デートクラブに潜り込もうとしてきた」

「調べようか」

「そうだな。周囲の人間関係ぐらいは押さえておくか」

「じゃあ、顔はいいんだろうね。そんな相手じゃ名前は呼べないだろうけど、タラシこんじゃえば？　いい抱き人形になるんじゃない？」

「名前にこだわるのはやめろって言ってるだろ。おまえだって、しないくせに」

「俺は忘れたいんだよ。あんたとは真逆だ」

「……俺だって、思い出したいわけじゃない」

「でも、重ねてる。あの人を抱いたらどんな感じか、妄想でいっぱいでしょう。それがむっつりなエロさだから、好き」

「そこをいじりながら言うな」

「拭いているんです……。岡村さんこそ、きれいにされながら勃起《ぼっき》させるのやめてくれません？　舐めなくちゃもったいない気がしちゃう」

「しなくていい。今日はもう気分じゃない」

「勝手だよねぇ。まぁ、いいけど。身代わりの愛人を探すもよし、俺を本当に愛人にしちゃうのもよし。決めたら教えてください」

「……そうなったら、他の男をくわえ込まずに我慢できるのか」

「三日に一回、今夜の濃さなら、あとはふたりを使って処理する」

あご先で双子を示して言う。岡村は鼻で笑った。

「あのふたりがいても三日に一回じゃ、俺が干からびるだろう。却下。おまえを愛人にする案はない」

「残念。双子も岡村さんのことは好きなのに」

「男の愛人なんていらない。おまえがいるから、他のはいい」

「佐和紀さんも公認ですし？　……俺のこと、佐和紀って、呼んでくれていいんですよ」

「いい加減にしろ」

星花が『公認』だと言うのは、あながち嘘でもない。岡村の恋愛性癖はそもそも異性が対象だ。星花との関係は、周平から命じられたビジネスだと佐和紀も思っている。だから、なにも言わないのだろう。

星花の他に愛人を作ったら、それが男だったら、佐和紀はどんな顔をするだろうかと考えてみる。少しは不機嫌な顔をしてくれるのだろうか。

嫉妬《しっと》までいかなくてもいいから、勝手を許さないで欲しいと岡村は思う。

よそ見は浮気だと、そんな関係でもないのに言われたかった。

「あー、俺はヤダなぁ。これが他の男に出たり入ったりすると思うと……」

指先で先端をいじりながら、星花がくちびるを重ねてくる。柔らかく吸いあげられ、

「おまえに、そんなことを言う資格はない」

軽く睨む。星花はしどけなく目を細め、

「いじわるだ」

甘くささやいた。

「さんざんオモチャにしてるくせに。……やっぱり、あともう一回しよう。動いてあげるから」

くちびるが胸の中心から下腹へと下りていく。

「星花」

髪を掴んで引き止めたが、指先はもう根元からしごき始めている。

「次の約束をしてくれたら、一回で許してあげる」

「冗談だろう」

「さぁ、どうでしょうか。精力剤、飲みます？」

あだっぽく笑われ、腕を引く。足の上にまたがらせて顔を両手で押さえた。くちびるを貪《むさぼ》るようなキスをして、指を髪にもぐらせる。

「岡村さん」

欲情した声の裏側に、口にできない名前が見え隠れする。忘れたくて忘れられない岩下の面影を、星花は繰り返し岡村に重ねていた。

2

部屋の中からでもわかるほど慌てた足音がドアの前を通り過ぎる。

戻ってきたかと思うと、せわしないノックが響いた。デートクラブの『オフィス』に飛び込んできた仲は、肩を激しく上下させ、荒い呼吸を繰り返す。

茶色い髪を両手でかきあげながら大股《おおまた》に近づいてきたが、すぐに話せる状態ではなかった。ぜいぜいと肩で息を繰り返す額には、大粒の汗が流れていた。

「階段ダッシュしたのか？」

顧客の予約をチェックしていた岡村は、眉をひそめた。北見は客の対応で席をはずしている。

広々としたオフィスはカフェ風の設《しつら》えになっていて、支配人が座る大きなテーブルが奥にあり、チェアとテーブルが点在している。

岡村が座っているのは、ローテーブルとソファのセットだ。

「あ、あ、あっ……」

立てた指が必死に示しているのは、ついさっき飛び込んできたドアだ。

「かく……、っ、れ、て……っ」

やっと出た声は途切れて意味がわからない。

腕を引っ張られ、腰を上げた瞬間。ノックとともに、ドアが開く。

座った岡村の前に仲が両手を広げて立ちふさがる。その腰のあたりからひょいと向こうを覗くと、そこには、薄手のジャケットを着た知世が立っていた。

岡村はため息をこぼして、仲の背に隠れる。まっすぐ自分を見た知世のまなざしに、嫌な想像しかできなかったからだ。

「しつれい……だろっ」

仲が低く唸《うな》るように言っても、知世は動じない。岡村の視界に入ろうとするのを、仲がカニ歩きで防いだ。

「迷惑だ。帰れ」

手元の書類を眺めながら、岡村は声を出した。もう何度も不意打ちの訪問を受けており、そのたびに仲が追い返してきた。それも日に日に侵略されていて、今日にいたってはオフィスにまで到着したのだ。仲の押され具合もひどいが、知世の執念深さも相当のものだ。

「話を聞いてください」

凜と涼しげに響く知世の声は、懇願の響きが混じると、途端に儚《はかな》げになって同情を引く。

「聞く義理はない。二度と来るなと言ったはずだ」

あの日、仲と寝ることもなく、現金百万円を持って帰った。それで終わると思った岡村の見通しが甘かったのだろう。

「貸してもらったお金の分は、恩を返したいんです。雑用でもなんでもします。そばに置いてください」

「君、困るよ」

新たに北見の声がして、開いたドアが閉まる。

「洋平。もういいからどいてくれ」

岡村が声をかけると、仲は横にずれた。

「岡村さんに会うまで帰らないって、また、交際クラブの方のロビーに居座ってたんです。営業妨害だ」

「……ごめんなさい。組事務所の方へ行くよりはいいと思って」

どっちにしても迷惑にかわりはない。

岡村があきれた目を向けると、知世はバツの悪さを隠そうとするように、ぐっとくちびるを引き結んだ。

星花が調べた結果、知世にデートクラブの存在を教えたのは顧客だった。K大の教授だ。知世の実家の苦境を知り、男娼から漏れた『もぐりこみ方』を伝授したらしい。どうしても知世に手を出したい教授は、商品になるのを待っていたのだ。テレビのコメンテーターをしているだけあって、うかつなことはしない。

そこまでして若い男をオモチャにしたい下衆《げす》さについては、顧客である時点でお察しだ。斡旋《あっせん》している岡村もとやかく言える立場にはない。ただ、相当の責任はとってもらった。

「金は言い訳だろう?」

北見が口を開いた。

「見返りのない優しさに惚れちゃったんじゃないの」

軽い口ぶりで言われ、知世はさらにくちびるを噛む。

「……ビンゴ」

ふざけた仲の腰あたりを小突き、岡村は書類を片付けながら言った。

「おまえをここで働かせるわけにはいかないし、雑用係も間に合ってる」

「あ、あなたの、女にしてもらえませんか」

「なに言って……」

唖然《あぜん》とした岡村を見据えた知世の目は潤み、ジャケットの裾《すそ》を摑んだ手は震えていた。

大胆な行動を取るくせに、見ている方が困るほどうぶな反応だ。オフィスに妙な雰囲気が溢れた。

「若頭補佐の、愛人の面倒を……見てたんですよね? 男も女もイケるって、聞きました」

「洋平」

もう一度小突くと、

「どうして、俺なんですか」

仲は鬱陶《うっとう》しそうにため息をついた。スカウト統括をしてはいるが、性癖はゲイ寄りだ。きれいな女より整った顔立ちの男の方が好みだと知っている。

「おまえは美人の男に弱いだろう」

「それはお互いさまじゃないですか」

切り返されて睨みつける。肩越しに振り向いた仲は小さく飛びあがった。岡村の不機嫌が本気だと気づき、そそくさと後ろへ回る。

「絶対に、満足させます」

自分を必死に売り込んでくる知世の頬は真っ赤に染まっている。それが、結婚当初の佐和紀を思い出させた。岩下にいやらしい冗談を言われるたびに赤くなって、あの頃はまだ、本当にうぶだった。

なにからなにまで初めてで、嫌われたくないけど距離を詰めたくて、どうしたらいいのかと悩んでは間違ったことばかりを選んでいた。

それを楽しげに眺めていた岩下のことも思い出し、岡村の心は急激にふさぐ。

「間に合ってる。俺には淫乱でどうしようもない男の愛人がいる。おまえが女なら考えたかもな」

「女には負けません」

「人妻だったらね……。ワンチャンスあったかもねぇ」

「北見さん。一言余計だ」

岡村が睨みつけると、北見は肩をすくめて頭を下げた。

「これは失礼しました。坊ちゃん、もうお帰り。ここは君のいるところじゃない。きちんと大学に行って、立派な大人になりなさい」

腕を掴んだ北見を振り払い、知世はサッとその場に膝をついた。

「あきらめるつもりはありません。かばん持ちでも、なんでもします。そばに、置いてください」

その機敏さに、岡村の心は冷える。

「本当の目的は？」

座ったまま、冷淡に問うと、

「え……」

不安げな視線ですがるように見つめられる。

「俺と付き合いたいなんて本気じゃないだろう。金か、それとも組のためか」

「……全部です。金もいるし、兄たちのために、大滝組に人脈も欲しい」

知世は意を決したように大きく息を吸い込んだ。黒目がちの瞳はいよいよ色っぽく潤む。

「でも……、なによりも、俺は、自分の選んだ人間のために尽くしたい」

「俺じゃ力不足だ」

「大滝組若頭補佐の、右腕じゃないですか……っ」

「違うよ、俺は」

笑い飛ばして、知世を眺める。

それは世間の見解だ。実質の右腕といえば支倉だし、周平の周りには岡村以外にも使える男が揃《そろ》っている。一番目立つ場所にいたのが、かばん持ちとして同行していた岡村というだけの話だ。それもすでに過去のことだ。いまの岡村は、岩下のためよりも、佐和紀のために心を砕いている。

デートクラブの運営に必死なのも、いずれは佐和紀の資金源になると知っているからだ。

「それでも、かまいません。あきらめませんから。やっと、見つけたんです」

「あー、運命の初恋が来ちゃった感じ？」

反応をうかがってくる北見をわざと無視して、岡村は息を吸い込んだ。話を仲へ向ける。

「洋平。おまえ、落とされたのか……。男のおしゃべりは、『仕置き部屋』だって知ってるんだろ」

振り向きもせずに言うと、知世にほだされたのだろう仲が、ソファの背にすがりついてくる。

「……出来心です。今後は絶対にしません。約束します」

「却下。北見、仕置き部屋、一時間コース」

そう告げると、仲が首根っこにしがみついてくる。ソファの背を乗り越え、ずるずると絡みつくように抱きつかれた。

「無理っ……俺、一時間もいたら死ぬ……」

つらいことを思い出したのか、すでに号泣レベルで鼻をすすりあげる。

「次はないからな」

額を手で押しやって言うと、仲はおおげさに胸を撫でおろした。

「挿入はしてませんよ」

涙を拭いながら言う。ほだされたどころか、ちゃっかり性交渉済みだ。

「どっちで何点だ」

岡村が聞くと、岡村と背もたれの間に収まったまま答える。

「手と口で、要領が良くって八十点です」

「足りないのは」

「愛情ですか」

「……それはしかたないだろう」

要領も良くて八十点なら合格点だ。デートクラブなら即戦力になる。

「口の軽い男は、誰にでも同じ軽さだ。今度からは相手を選べよ」

知世に向かって声をかける。自分のあさはかさを後悔する表情でうつむいた青年を、ソファから下りた仲がそのまま連れ出す。

ドアを開けて見送っていた北見が振り向いた。

「これであきらめるような男なら、『白蛇』なんてあだ名はつかないでしょうね」

「……とりあえず、組の連中を片っ端からくわえるようなことがなければいい……」

どっと疲れた。ソファの背にもたれ、腕を顔の上に置く。

知世はかなり追い込まれている。デートクラブがダメだと理解すれば、岡村との接点を求め、組事務所に特攻をかける可能性はじゅうぶんにあるだろう。

「岡村さんがほだされるに、三千点」

北見は笑いながらドアを閉め、奥に置かれたデスクに向かっていった。

＊＊＊

大滝組の組事務所に、見た目のきれいな男が出入りしていると噂が立ったのは、まさにその翌日からだった。

三井に聞かされた岡村は、自分を目当てに通っているとも言えず、うんざりした気持ちで組事務所を避けた。しかし、逃げ回り続けることはできない。

後回しにできない用事があり、大滝組の屋敷から構成員の運転する車で組事務所へ乗りつけると、下っ端たちに紛れた知世が道路を掃除していた。

「部外者を入れるな」

誰に言うでもなく口にした。黒塗りの車に気づいて立ち並んだ下っ端たちは、おどおどと戸惑う。前へ歩み出た知世は、まさしく掃き溜めにツルだ。ひとりだけ別次元の清潔さがある。

「壱羽組の人間として、事務所の手伝いに……」

「帰れよ」

冷たく一瞥《いちべつ》して背を向けたが、

「首を縦に振ってもらうまではあきらめません」

息せき切って追ってくる。人前で許しを請うような真似をしないだけマシだが、断ってもまったくめげない執拗《しつよう》さは本物だ。

「援助が欲しいなら、よそをあたれ」

「自分を安売りするつもりはありません。それに、見返りなんて……。もう、もらってるじゃないですか」

「仏心なんて出すんじゃなかった」

きれいだと思ったのも初めの数回だけだ。こうも食い下がられると、面倒を通り越して薄ら寒くなってくる。

そこへもう一台、車が到着した。

周りの雰囲気が一変して、緊張ムードが高まる。振り向いた岡村も居住まいを正した。

「組長の車だ」

知世の首根っこを掴んで下がらせる。その場の全員が姿勢を正して、約七十度に首を垂れた。

大滝組長の声がした後で、岡崎《おかざき》の声も聞こえる。組長と若頭の揃い踏みだ。めったにあることじゃない。

大滝の靴が、岡村の前で止まった。

「久しぶりに見たな。屋敷の方へも顔を出してるのか」

業務の内容が変わり、組事務所や屋敷の母屋に顔を出す頻度は少なくなっている。ただでさえ顔を合わせることのない大滝とは、数ヶ月ぶりの対面だ。

「ずいぶんと男振りが良くなった。なぁ、岡崎」

声をかけられた岡崎は、大滝組のナンバー2の若頭であり、大滝組長の娘婿でもある。

岩下の兄貴分で、佐和紀にとっては元兄貴分だ。

「岩下が育てたにしては品良く仕上がったもんだ。人妻には飽きたのか」

チクリと刺され、岡村はただ黙って頭を下げる。

「兄貴分から解放された反動でしょう。趣味のいいネクタイだ」

岡崎の言葉で、大滝にネクタイを引っ張られる。

「どこの人妻だ」

大幹部のふたりは、選んだのが佐和紀だということを知っていてチクチクといたぶってくる。岩下でさえ目に余ると言いたげな佐和紀との度重なる外食を、この大幹部たちも、こころよく思っていないのだ。

「そっちのは？」

大滝の視線が、ふいに知世へそれた。

「これは」

答えようとした岡村より早く、知世が前へ出た。

「壱羽知世です。北関東で組を構えています壱羽組の次男になります。お見知りおきください」

淀《よど》みのない挨拶《あいさつ》のあとには、はにかみでも付け加えたのだろう。美人に甘いふたりは最後まで聞き、

「おまえのコレか」

岡崎がまずからかってくる。

「岡村さんには勉強させていただいています。ですから……」

知世はそつなく岡村をかばった。大滝が含みのある笑いを口元に浮かべる。

「いい趣味だな、岡村。壱羽の組長さんは、組のために一肌脱いでくれたんだったな。しっかり面倒を見てやれ」

ポンッと肩が叩かれる。そのあとで、岡崎からも同じように肩へ手を置かれた。

「佐和紀は知ってるのか？」

これもまた含みのある言い方で顔を覗き込まれる。答えられない岡村と知世を見比べたふたりは、どちらからともなく歩き出す。

組長と若頭がいなくなると、誰からともなく、ため息が漏れた。

「岡村さんのネクタイ、誰が選んでるんですか。『佐和紀』っていうのは……」

立て続けの質問に、下っ端が飛んできた。慌てて口を挟む。

「呼び捨てにするなよ。……補佐のお嫁さんで、俺らは『御新造さん』って呼んでる」

「あぁ……」

噂を思い出したらしい知世は弱い声でうなずいた。その視線が不安そうに岡村へ向く。

「ご迷惑はわかってます。……面倒を見てください」

大滝組長の台詞《せりふ》を繰り返され、岡村は苦々しくうなだれる。これでないがしろに扱えなくなった。

実家へ追い返したりしたら、やっぱり手を出していたのかと言われかねない。そうでなくても、大滝と岡崎からは、なかば既成事実があるように扱われた。放っておけば、佐和紀に対して、あることないこと噂を吹き込むだろう。

「しばらくは、ここで雑用をしていろ」

面倒ごとを最小限でまとめるには、そう答えるしかなかった。

＊＊＊

大学を休学している知世がカプセルホテルで暮らしていると聞きつけた構成員から相談され、岡村はしかたなく、組事務所の書類倉庫の奥で寝泊まりできるようにしてやった。とりあえずの処置だ。知世はきれいな上に貞操観念がゆるいので、預ける相手を選ぶことにも慎重にならざるをえない。

そうこうしている間に、一週間ほどが過ぎ、

「愛人にはしないって、言ってなかったか？」

ついに岩下から、ことの次第を問いただされた。

老舗《しにせ》喫茶店のボックス席だ。三つ揃えのスーツを着こなした岩下が、スマートな仕草で

煙草に火をつける。

「した覚えはありません」

「若頭《かしら》から、それはもう楽しそうに聞かされたよ。俺の舎弟が、色白の美人に惚れられてる、って」

「それは誤解です。思い込みです」

周平と向かい合う岡村の隣には三井が座っている。今日はこれから佐和紀と石垣が合流して、五人で食事へ行く予定になっていた。

海外留学を夏に控えた石垣が、そろそろ組を抜ける予定だからだ。

「会わせろよ。呼び出せば、すぐに来るんだろう」

岡崎からどんな話を聞かされたのか。煙草の煙を細く吐き出した岩下は、コーヒーカップを持ちあげた。

「呼び出すまでもないです」

岡村は物憂く答えた。隣に座った三井が、腰を浮かせる。

「あー。あれ、やっぱり、そうなんだ」

窓際の席のガラスの向こう。やや見切れた位置に知世は立っている。自称、岡村のかばん持ちだ。帰れと言っても聞かずについてきた。

「呼んでこい」

岩下が笑うと、三井が店を出る。夜から雨の予報が出ている空模様のせいで暗雲が広がり、店の外は薄暗い。まるで岡村の心のようだ。

三井に伴われた知世は、おずおずとボックス席の前に立った。立ち尽くしていては他の客の邪魔になると、三井に肩を押さえつけられて岡村の隣へ座る。

緊張した面持ちで背筋を伸ばしているのは、岩下に対して緊張しているからだろう。物怖じしない知世には珍しい反応だった。

「きれいな顔をしてるな。佐和紀には紹介したのか」

さらりと笑いかけられ、同じぐらいさらりと返す。

「必要ありません」

「おまえの女だろう」

「……違います」

思わずぎりっと睨んでしまう。舎弟の反抗をおもしろがるだけの岩下は肩を揺らした。

隣に並んだ三井が、ハーフアップにした長い髪を揺らしてヘラッと笑う。

「でも、シンさんのことが好きでまとわりついてるんでしょ？　抱かれたいの？　抱かれたくないの？」

能天気な質問を投げつけられ、いつもの調子で顔を赤くした知世がうつむく。

「おっと、エロい……」

三井が口元を押さえてのけぞり、岩下はくちびるの端を引きあげた。

「よっぽど惚れられたな」

そう言われてしまうと、並んで座らされているのも妙な感じだ。知世が恥じらうから、なおさら恋人を紹介するようなムードになる。

「おまえ、地元じゃ『白蛇』って呼ばれてたんだろ？　本当に？」

三井が別の質問をする。今度は知世も口を開いた。

「周りが勝手に言ったことです……。ケンカが強いわけでもないし。ただ、兄を守りたい一心で。だから……」

ちらりと視線を向けられ、岡村はそっぽを向く。三井がひらひらと手を振り回した。

「あー、大丈夫だよ。そんなことで嫌いになったりしないから、この人」

「好きになってもない」

はっきり答えると、知世の視線がますます突き刺さってくる。うぶな素振りをするくせに、変なところで押しが強い。

素知らぬふりで顔を伏せた岩下の肩が、小刻みに震えているように見えた。おもしろがっているのだ。煙草を吸い込み、時計の文字盤へ目を向ける。

岡村も腕に巻いた時計を確認した。そろそろ佐和紀が到着する頃だ。知世を帰したかったが、岩下の前では下手に振る舞えない。それに、遅かれ早かれ、佐和紀の耳にも入る。

妙な隠し方をしたことで痛くもない腹を探られるなら、早く引き合わせた方がいい。

いつのまにか、店の外では雨が降り始め、予定の時間より三十分遅れて佐和紀と石垣が現れた。まったく濡れていない佐和紀に比べ、大きい雨傘を畳んでいる石垣の肩や背中はまだら模様に濡れている。

「誰？」

三井に席を譲られた佐和紀が真向かいの知世を遠慮なく眺めた。

「シンさんのオンナ」

答えた三井が別の席から、イスだけを取ってくる。

「商品です。デートクラブの」

岡村はすかさず訂正した。

成り行きを見守る周平は、表情を変えずに煙草の灰を落とす。その隣で、佐和紀は着物の衿をしごいた。

「ふぅん。なるほどね。きれいな顔」

「事情があって、店に出さないことにしたので、組事務所で雑用をさせてます。近々、親元へ帰すつもりで……」

岡村はすらすらと嘘を並べた。

「稼げそうなのに」

「金に困ってるわけじゃないと言うので」

大嘘だが、知世は黙ったままだ。こういうところでは、きちんと空気を読む。しかし、佐和紀は空気を読まない。

「試した？」

ズバリと口にして、

「姐《あね》さん……」

三井にたしなめられる。ハッと息を呑んだ佐和紀が表情を崩した。

「ごめんごめん。ちょっとしたジョークだ」

どこが、どんなふうに、ジョークだったのか。大島紬《おおしまつむぎ》の衿に指を添えた佐和紀は、岡村をちらりと見た。それから旦那の顔を覗き込む。

「シンが手をつけて専属にしたかと思った」

「悪くはないだろう」

煙草を要求された岩下は、自分が吸っているのを渡し、新しい一本を取り出す。岡村は素早くライターの火を向けた。

隣り合って座る夫婦は、ごく自然な仕草で互いの煙草を取り替えた。

佐和紀が新しい煙草をくわえ、岩下は返された煙草を一口喫《の》む。

「彼は、壱羽組という北関東の組の息子さんです」

三井の隣にイスを置いた石垣が言う。

「あー、なるほどね。それで『あっち』じゃなくて組事務所なのか。名前は？」

佐和紀に聞かれ、知世はおとなしく返事をする。佐和紀が陽気に首を傾げた。

「知世？　アレだな。天国にいちばん近い島。歌える？」

「無茶ぶりすぎるだろ」

三井がすかさず突っ込んだ。

「この中では、おまえが一番天国を知ってるはずだな」

煙草を揉み消した岩下が色気たっぷりに声をかけ、佐和紀の手を握って自分の膝の上に下ろす。岡村と石垣は見るともなく目で追い、ほぼ同時に視線をそらした。

見慣れていても、この夫婦のすることは毎回艶っぽくて困る。

「そろそろ行くか。シンは彼を送ってからの合流だ。雨がひどくなる前に出るぞ」

周平の号令で、三井と石垣がイスを元へ戻した。

知世ならひとりでも戻れるが、岩下の言葉は絶対だ。岡村はしかたなく四人を見送りに出た。席に戻り、今度は向かい合って座る。

煙草を取り出すと、知世がライターを出した。でも、その火は借りずに、自分のライターを取り出す。

「岡村さん、あの人のこと……」

知世は両手をテーブルの上に置いた。ライターが握られている。

「続きを言うな」

煙を吐いて言うと、

「……身代わりにもなれませんか」

まっすぐに見つめられた。その瞳の中には、疑いようもない好意が溢れていて、その純粋さに思わずたじろぐ。想像以上に知世は本気だ。好かれていることはわかっていたが、信じていなかった。裏があると思っていたのに、そうじゃない。

誰が見ても一目でわかるぐらい、知世の目には岡村しかいない。実質、いまは岡村だけが映っている。

その黒く潤んだ瞳を見つめ返す。今度は知世がたじろいだ。それがふたりの答えになる。

知世はうつむき、くちびるを噛む。

いままで経験してきた恋の、どれもがまるで役に立たないと、思い知っているのだろう。

だが、そもそも間違っている。どんな手管があっても、岡村に恋を仕掛けることは無駄だ。

誰かが入り込む隙間なんて微塵もない。

「でも、好きなんです」

雨の気配が店にも忍び込み、足元からじめじめした湿気が広がる。

「もっとましな相手を選んでくれ」

知世が弾《はじ》かれたように顔を上げる。その目元が歪んだ。

「岡村さんはどうして、自分を悪く言うんですか。そんなんじゃ、あきらめる理由にもならない」

責めるような瞳は純真で、未熟な若さが出口を求めていた。

答えは自分で見つけ出すものだと思いながら、岡村はかける言葉もなく口をつぐんだ。

＊＊＊

自分を卑下していると指摘されたことは、日増しに重くのしかかった。しかし、惚れたと言って近づいてくる人間を受け入れる理由にはならない。非現実的だ。

仮眠から目覚めた岡村は自宅のシャワーを浴び、そういうことじゃないと思い直す。短絡的になるのは、深く考えたくないからだ。

ことあるごとにオリジナリティの話をする北見の声が脳裏をよぎる。胸の奥から苦味が込みあげた。歪んだ顔を鏡に映し、髭《ひげ》を剃《そ》ったばかりの頬にアフターシェーブローションを叩き込む。

濡れた髪をタオルで乱雑に拭きながら、ワンルームへ出る。十五畳もあるのに、まるで片付かない部屋だ。

出し損ねたゴミ袋は、ある時期を境に増えなくなった。帰ってきても、着替えと寝る以外には用事がないからだ。当然、デートクラブの事務所やオフィスで済ますことが増えた。ワイシャツもスーツも、渡せばクリーニングと手入れがされた状態で戻ってくる。靴でさえ、仮眠が終わるまでには磨きあげられているのだ。

いっそ引っ越してしまえば、すべてが片付く気もする。しかし、部屋を探す時間も惜しい。それもこれも、プライベートの時間を佐和紀と星花に割いているせいだ。

できる限り佐和紀と出かけたかったし、そうすると、星花に会わずには過ごせない。佐和紀にはぶつけられない欲情を晴らすための行為に耽溺《たんでき》しても、傷を知られている関係は楽だ。なにを隠す必要も、繕う必要もなく、ありのままの欲望に従っていられる。

しかし、心の空虚が埋まるわけではなかった。

肉体の満足は一瞬のことで、後には深い自省の時間が待っている。

佐和紀への想いを星花で晴らしている後ろめたさと、誰も代わりにならない現実のダブルパンチだ。辟易《へきえき》して落ち込んでも、いまはこの過ごし方が最良だった。

ボクサーパンツを身につけ、冷蔵庫から取り出した精力剤を一気に飲み干す。

今日もこれから、星花に会う。満足させたいのか、満足させて欲しいのか。答えのない交わりだとわかっていて、身体の芯《しん》が快楽を期待する。

星花の存在がプライベートに侵食していることは、誰にも知られていない。だからこそ拍車がかかる。いっそ佐和紀を忘れ、星花に溺《おぼ》れてしまえたら楽なのにと、自分に繰り返す。戯言《たわごと》だ。岡村は、笑いながら身支度を整えた。

白いボートネックのカットソーに、テーラードの型紙を使ったシルクジャージのセットアップを着る。パンツの腰回りはループ仕様だが、センターラインがついている分、カジュアルになりすぎない。ネイビーのジャケットも柔らかくこなれたデザインだ。

ソフトワックスで髪をかきあげている最中で電話が鳴り、寝乱れたままのベッドへ戻る。三井からの着信にハンズフリーで出る。

「シンさ～ん！」

弱りきった声が響いた。ふざけ半分の調子は、仕事の要件じゃない。プライベードでトラブルが起こったときのヘルプだ。

たとえば女に振られたとか、車のキーを閉じ込めたとか。

「忙しいんだよ、タカシ」

口では冷たく言っても、本気で打ち捨てたことはない。

「知ってるけどぉ～。ちょっと、来てよ。母屋にいるから」

「要件を言ってくれ」

「大至急！」

そう叫んだ三井も、自分が肝心な用件を伝えていないと気づいたらしく、ふと黙ってから小さく唸った。

「シンさんに惚れてる、あの若いの。姐さんの舎弟にして欲しいって、直談判《じかだんぱん》してたんだけど！　知ってんの？　知らないよね？」

「はぁ？」

「姐さんは相手にしてないよ。俺も、さっさと引き離したしさ。とりあえず母屋で確保してるから。来てくれません？」

敬語に変わったのは、強制だからだ。

「すぐ、行く」

電話を切り、時計をつけた。財布を摑んで、ジャケットに差し込む。

完全プライベートの服で大滝組の屋敷へ出入りするのは気が引けたが、着替えている時間も惜しい。一応は襟付きのジャケットだと思い直して家を飛び出た。

通りでタクシーを捕まえ、組屋敷の裏口付近につけてもらって降りる。

三井から指定された集合場所は、母屋にある寝泊まり用の客間だ。デスクトップＰＣが備え付けられたデスクと、シングルベッドだけの部屋は狭く、寮の一室に近い。

ノックすると、三井が顔を出した。ベッドの上には、膝を抱えた知世が見えた。拗ねた顔がそっぽを向く。

「なにをしてるんだ……」

「シンさん、めっちゃカッコイイ服着てる……。仕事で忙しいんじゃないのかよ」

シルクジャージの袖をつまんだ三井の声に、知世が振り向く。岡村を視界に入れた途端、頬がさぁっと赤くなる。岡村に近づき、金や人脈を得たいなんて動機の説明は不要だ。

ハートマークが飛びそうな目で見られ、岡村はうんざりと額へ手をあてた。疑いようもなく、知世は純真な好意だけを抱いている。残りのことが言い訳だ。

「わー、写真撮っとこう」

三井が意味不明の盛りあがり方をして、携帯電話を取り出した。止める間もなくシャッターを切られる。

「デート？　どこの人妻？　もしかして、本命できたとか」

矢継ぎ早に口走る三井の頭を軽く叩いて睨みつける。そんなことで怯《ひる》まない三井は手慣れた仕草でメールを打つ。

「あとにしろ」

取りあげて、画面を消す。どうせ、相手は石垣だ。

「知世。佐和紀さんに直談判したって本当なのか？」

「姐さんのそばにいたら、シンさんに優しくしてもらえると思ったんじゃない？」

黙った知世に代わって、三井が答える。

「相手の迷惑を考えろ」

知世に向かって言うと、強いまなざしで見つめ返された。

「そんなことを気にしてたら、欲しいものなんて、永遠に手に入らない」

はっきり言ってのける強さは、若者独特の理論に基づいている。こわいもの知らずで、目先のことしか考えていない。

だからこそ、真実を突く。

「そういう問題じゃないだろう」

岡村はあきれたが、

「まぁ、そんなに冷たくしなくっても……。姐さんも怒ってたわけじゃないし」

三井は一定の理解を示し、知世をかばう。

「この子、自分の組に居場所がないみたいだよ。組は長男が継ぐって話だし、出稼ぎしないとシノギだけじゃ回していけないいんじゃゃん」

「だからって、俺は面倒を見ない」

「っていうから、姐さんをアテにしたんだろ。……誰でもいいなら、小遣いくれる相手はすぐに見つかるだろうけど、さ」

言葉を濁した三井が腕組みをする。知世の容姿からいって、行きつく先はわかりやすい。内容が一緒なら、管理が行き届き、より稼げる場所で働きたいと願うことは、間違っていない。

「大学まで行ってんのに、休学してまで売春するって……。壱羽組ってほんと、どん詰まりなんだな。シンさんを選んだのも、まっとうな判断だと思うけどね」

どうして面倒を見ないのかと無言で問われ、岡村も口を閉ざし、視線で答えた。三井はふっと息を吐く。

「いいじゃん。いまさら、男の愛人作ったとか言われるぐらい。言わせておけば、さぁ……。姐さんに誤解されなかったら、いいんでしょ」

だいたいのニュアンスは間違っていないが、避ける最大の理由は『喘ぎ声が似ている』ことだ。そこを教える気はない。

「じゃ、おまえが面倒を見てやれ」

「俺じゃ先がないよ。だいたい、こんな頭のいいお坊ちゃんの使い方、知らないし」

「お坊ちゃんじゃないだろ」

普通のお坊ちゃんは、夜の街を徘徊《はいかい》したり、自分の身体を金に換えたりはしない。

「とにかく、佐和紀さんには二度と迷惑をかけるな。……謝ってくる」

「あ、今日はもう出かけた。アニキと食事に。あと『シンには黙ってろ』って言われてる……。この子の暴走だって、わかってるし。姐さんが心配したのは、シンさんの方だよ。余計な面倒ごとに巻き込むなって、な……？　怒られたんだよな？」

三井から視線を向けられ、知世はますます不満げに膝を抱えた。惚れた相手の身になって考えろと佐和紀に諭され、拗ねているのだ。まるで子どものような姿が、若手構成員の統率を担っている三井には放っておけないのだろう。

三井は学歴がない。しかし、人の心の中を見る術《すべ》には長《た》けている。

「今日は、姐さんから頼まれてるから、俺が飯食わせて事務所に帰しとくけど……。シンさんから、俺についてくるように言ってくれない？　ヤダって言うんだ」

「……バカか」

思わず悪態がこぼれる。知世に対してだ。

「そんな意固地なやつの面倒なんか、誰だって見たくない。知世、顔を上げろ」

声をかけると、知世は素早くあごを動かした。泣き出しそうな瞳で必死に見てくる。

「……ほんとに、おまえは……」

あきれて言葉も出ない。それでも、岡村はため息交じりに言った。

「今日は三井に付き合ってこい。ふたりだけじゃないだろ？」

三井に確認する。佐和紀もそれを知っていて頼んだはずだ。

「若手懇親会みたいなヤツやるから、一通り紹介しておけってことだと思うけどね。なんか、組長にも話が通ってるらしいじゃん。……シンさん。どっちにしたってさ、これ、時間の問題だよ」

どれほど逃げても、知世の世話は岡村へ回ってくると言いたいのだ。

「俺じゃなくてもいいだろ。おまえが適当なのを探してやれよ」

「……無理じゃないかなー。完全に、シンさんしか見えてないもん。俺らだって、アニキ以外に付けって言われても、やらなかったデショ」

「いちいち、正論を言うな」

「あ、ひでぇ……。もう、行くの？」

岡村の携帯が鳴り出す。

「タモツからだ」

そう言いながら、電話に応《こた》えた。


いつだって予定は未定で、決定じゃない。

忙しいと言っても聞き入れられず、一時間でいいから顔を出してくれと石垣に頼み込まれた。星花に連絡を入れ、食事は双子たちと済ますように頼んだ。夜中にでも来てくれればいいと言われ、女よりよっぽど楽だと思う。

こういう関係に一度慣れると、女たちとの信頼関係を構築するのがいっそう億劫になる。

石垣が指定した個室居酒屋へ向かうと、電話で予告された通り、真柴《ましば》が同席していた。

がっしりとした身体つきをした真柴永吾《えいご》は、関西のヤクザだ。いざこざに巻き込まれて逃げてきたのを、大滝組が預かっている。

　現れた岡村を見て、ふたりは目を丸くした。言われるまでもなく理由はわかっている。服装のせいだ。

「……どういう女と付き合ってるんですか」

「タカシが送ってきた写メと印象が違う……。そんなコマシみたいなカッコして」

　石垣は不機嫌にビールをあおる。

「真柴さん、この人ね。若くて、すごい美人から言い寄られてるんですよ」

「わかるわ」

　答えた真柴は、関西のイントネーションだ。岡村は向かいに座り、

「相手は男です。それにたいした顔じゃない」

と答えた。しかし、顔を見合わせたふたりは、それがどうしたと言わんばかりだ。

「欲しければ持っていけよ。おまえにやるから」

　石垣に鬱憤をぶつけたが、

「いりませんよ」

と、あっさり、かわされる。

「地元でのあだ名が『白蛇』だなんて……。そんな執念深い男、いくら美人でも怖すぎる」

「白蛇、ありがたいやないですか」

「じゃあ、真柴さん、どうぞ」

岡村はすかさず視線を向けた。かなり本気だったが、真柴はへらっと笑って逃げた。

「いや、俺は無理やで。すみれがおるし。普通の若いもんやったら面倒見てもええけど、美人はなぁ……」

すみれというのは、紆余曲折《うよきょくせつ》あって佐和紀が結びつけた、若いホステスだ。去年の年末から付き合っている。

「そんなこと言って、シンさんだってまんざらじゃないでしょ」

石垣に言われ、岡村は眉をひそめた。

「迷惑してるよ。だいたい、ちぐはぐなんだよ。ウリをやってるかと思えば、俺が初恋みたいな顔するし。大滝組長にも一目で気に入られて……、小賢《こざか》しいんだ」

「昨今、小賢しいのを探すのも難しいけどね。バカばっかだから」

「今日は今日で、佐和紀さんの舎弟にしてくれって、直接、迫ったらしくて」

「おー、それは。……面倒やな」

真柴が顔をしかめた。石垣は、佐和紀に迷惑をかけたと聞くなり、不機嫌な顔で岡村を睨んでくる。

「シンさんが甘いからだ。そんなことを許すぐらいなら、デートクラブにぶち込んどけばいい。佐和紀さんの舎弟なんて……、舐めてんのか」

「タモッちゃん、気に入らんの？　珍しいな」

「俺だって舎弟にしてもらえてないのに。ポッと出に『第一号』取られてたまるか。いっそ、シンさんがなってよ」

「御新造さんは、岩下さんの手前、遠慮して舎弟は取らんのやろ」

「そうだよ。変なとこで昔気質《むかしかたぎ》だから。でも、親衛隊も黙認してるんだから、そろそろいいと思う」

「それはアニキと佐和紀さんがふたりで決めることだ。他の幹部との兼ね合いもあるし。それで、俺に相談したいことって？」

「あぁ、うん」

石垣がうなずいたタイミングで、岡村の頼んだビールが届く。料理もいくつかテーブルに並んだ。

「この前の冬の件。すみれちゃんのさ……、あれにアニキの昔の女が噛んでただろ？」

「由紀子《ゆきこ》？」

「うん、それ。真柴さんが向こうで揉めたのも、その女が原因だって話は知ってる？」

「谷山《たにやま》さんから、概要は聞いてる」

枝豆をつまみながら答えると、真柴が身を乗り出した。

「あの女の気味の悪さは、実際に関《かか》わらないとわからん。そやから、このまま引くとは思えない」

「……佐和紀さんにケンカを売ってくるってことか」

岡村は笑い飛ばしたが、石垣と真柴は真顔のままだ。

「あの女がやることには筋が通ってない。おもしろがってるって言えばいいんかな……。自分が楽しいと思えるなら、なにをしても平気なんや」

「たとえば？」

「俺のときは組の幹部が三人、大金を巻きあげられた。それだけなら、新手の詐欺みたいなもんやけど……、周りの女が次々に病院送りになって」

真柴が表情を歪め、続きは石垣が話し出す。

「交通事故が三人。強姦《ごうかん》が五人。……真柴さんがなびかなかったのが原因だと思う」

「……惚れられたんですか」

岡村の言葉に、真柴はぶるぶるっと首を振った。

「まさか！　俺は桜川《さくらがわ》会長の甥《おい》にあたるやろ。桜河会《おうがかい》を継げって話で……まぁ、ついでに自分と寝ろって話だったけど。なんやかやいって、テイのいい奴隷になれって話やな」

「年増だろ？」

「生き血風呂《ぶろ》に入ってるんじゃないかってぐらいの美女だけどね」

石垣が肩をすくめた。

「勃起するかしないかって言うたら、するんや……。それやからなぁ……」

問題なんやとつぶやいて頭を抱え、真柴は遠い目をした。

「大金を取られた幹部はどうなったんですか」

岡村が話を戻す。真柴は一息ついて、口を開いた。

「引退が、ひとり。精神を病んだのが、ひとり。最後は行方不明。生駒《いこま》の山の中で死んでると思うけどな」

「ぜんぶ、その女がひとりでやってるんじゃ、ないですよね」

「協力者はいっぱいいる。とにかく、人の弱みには敏感やからな。よう裏切れんやろ」

「佐和紀さんが、年末の件で恨みを買ったと、真柴さんはそう考えてるんですか」

「恨みっていうか……。次の暇つぶしに狙われるかも、って、……そういう心配や。絶対やないけど、用心することに越したことない」

真柴の話はすでに聞いたのだろう、石垣が身体ごと岡村を振り向いた。

「俺はもう外に出る身だからさ。シンさんの心に留めておいて欲しくて。京都に行ったとき、佐和紀さんは同じ女にクスリを仕込まれてます。そういうのは防ぎようがないでしょう？　あの人に、出かけるなと言うわけにも、いかない。でも、注意を促すことはできるはずなんです。……シンさんにはできると思ってます」

「アニキには？」

尋ねると、石垣は静かにかぶりを振った。

「俺たちからは、ちょっと……」

由紀子の話題は、持ち出しにくいのだ。

「わかった。俺から話してみる。それだけ危ない相手なら、アニキの方でも動きを見張ってるはずだから、情報を共有できれば……」

「シンさんになら、アニキも任せてくれると思う」

「……どこから来た自信だよ、それ」

「自覚ないんだ……」

ぐったりうなだれた石垣の肘が、肩へと乗ってくる。

「守ってくださいよ。佐和紀さんのこと。そのためにかばん持ちを卒業したんじゃないんですか？」

「……いや、守るというか」

いざというときの支えになりたいとは思った。命を懸けて尽くすつもりだ。

でも……、と言い淀む気持ちが胸の中にある。それを見透かした石垣に肩を揺すられた。

「なんか頼りないなぁ。真柴さんも思いません？」

「俺でも即答はできへんわ。……あの御新造さん相手やろ……」

「おまえが、言葉にこだわりすぎなんだよ」

石垣の肩を叩き返して、岡村はビールを飲んだ。

それほど、佐和紀と離れて海外へ出ることが不安なのだろう。石垣は確かな約束を欲しがっている。

自分がなにのために頑張るのか。その理由を佐和紀の存在に求めているのだ。

他の誰からの慰めでも激励でもなく、自分の中から湧《わ》き出る佐和紀への感情を奮起の発露にしたい。それは、岡村も同じだ。

佐和紀の役に立つことだけを目標にして、一人前の男になろうと努めている。その先のことなんて考えていなかった。

「岡村さん……、モテるの、わかるわ……」

真柴がぼそりと言い、石垣が笑う。

「真柴さん、すみれちゃんいるのに」

「いや、俺がどうこうじゃなくて。……すみれには会わんといてくださいね」

「それ、言っちゃうんだ……」

肩を揺らした石垣が、ちらりと岡村を見た。

「人妻喰いで培った色気ですもんね。背徳と退廃のエロス。そこまでアニキをなぞらなくてもいいのに」

「うるさい」

「……そっくりになんてなれませんよ。あの人は外見に惑わされないから」

気安い仲をかさに着た辛辣《しんらつ》さでチクリと刺されて、岡村は素知らぬふりをする。『あの人』とは佐和紀のことだ。目で見たものよりも、動物の勘を最優先にする。そういう人だった。見せかけには、騙《だま》されない。

＊＊＊

「シンも紅茶でいい？」

ついさっきまで岩下に抱き寄せられていた佐和紀が、キスの痕《あと》を撫でるように自分のうなじに触れる。その仕草に見惚《みと》れかけた岡村は、気を取り直し、

「やります」

と立ちあがったが、指先で元へ戻るように促された。

「たまには、俺の作ったものでも飲んでろ」

そう言って、佐和紀は離れの居間に置いてある移動式のミニカウンターへ近づいた。その上で紅茶を淹《い》れる。スーツを着た岡村の斜め前には、優雅にくつろぐ岩下がいた。

テレビに向かって置かれたソファだ。岩下のルームウェアはこざっぱりとした薄手のも

ので、鍛えた身体のラインが見てわかる。岡村は、自分自身が高価なものを着るようになって、あらためて、岩下の趣味の良さがわかるようになった。勝てないと思う一方で、対抗意識がたぎり、胃の奥が熱くなってしまう。

その原因である佐和紀が、トレイを手にして戻ってくる。片膝をつき、それぞれの前に客用のカップ&ソーサーを置いた。

「シンは、砂糖いらないよな」

甲斐甲斐しい人妻の風情で見あげられて、

「はい」

と答える声を、低く保つのに苦労する。

自分の用事のために岩下を呼び出すのもはばかられると、離れまで足を運んだ岡村だったが、その裏にはもちろん、佐和紀の顔を一目見たい下心がある。

ふたりで夜を過ごし、イチャつくだろうことも想定内だ。邪魔をするつもりはなかったが、ドアの前に立ち、タイミングを計るのに数分を無駄にした。

それを知らない佐和紀は、周平のカップのそばに、液体の入った小さなガラス容器を置いた。岩下が紅茶へと振り入れる。

「ブランデーだ」

岩下が言った。勧められた岡村も、容器を傾けた。一滴、二滴とアルコールが落ちる。

「俺は風呂に入ってくるから……。ごゆっくり、どうぞ」

人妻ごっこを愉《たの》しむようにニコリと笑った佐和紀は、これ見よがしに着物の衿元へ指先をあてる。裾を気にして立ちあがり、トレイを元の場所に戻してから居間を出ていく。

「お邪魔をして、すみません」

岡村が頭を下げると、ドアが閉じるのを見守っていた岩下がカップに手を伸ばした。

「かまうな。少しぐらい横やりが入った方がいい」

余裕たっぷりの台詞がさまになる。

「用件は？」

「真柴とタモツから、『由紀子』という女を警戒するように言われました。年末の『リンデン』の件に絡んでいた女ですよね」

「なにか、動きでもあったか」

過去の女の名前が出ても、岩下の表情は変わらない。岡村は静かに答えた。

「今後、佐和紀さんがターゲットになる可能性について、アニキはどう考えてますか」

「一〇〇パーセントだ」

「……本気ですか？」

もっと微妙な数字が返ってくると思っていた。

「あの引き際からすると、『報復』とは違う思惑で来るだろう」

「京子《きょうこ》さんもご存知ですか」

若頭・岡崎の妻で、大滝組長のひとり娘。佐和紀が『信頼』と『尊敬』を寄せる姉嫁だ。

「あの人は、わざとぶつけたんだろう。大阪でなにをしでかしたか、真柴に聞いたか？　これから、西は荒れる。由紀子が蒔《ま》いたのは時限爆弾の種のようなものだ。どこになにを仕掛けたのか。いまはそれを探ってるところだ。真柴が逃げてくれて、うちとしては助かった。おかげで早く動けたからな」

「抗争になりますか」

関西のヤクザ同士の揉めごとだ。『由紀子』はその発端になるべく動いているのだろう。

「なるだろうな。桜川会長も先は長くない」

「じゃあ、本郷が接触しているというのも」

「そこまで調べたのか」

岩下の眉がぴくりと跳ねた。誰が探してきた情報なのか。瞬時に悟った顔で、ほくそ笑んだ。

「星花は使えるだろう」

「でも、限度があります。俺にも情報を取れるようにしてください」

なにのためにと視線で問われ、

「佐和紀さんの身の安全を」

岡村は真剣に答えた。石垣と真柴から話を聞き、京都のヤクザ『桜河会』の桜川会長の妻である由紀子の身辺を探るように星花に頼んだ。人探しが本職だが、関西での噂ぐらいは集められる。だが、そこまでだ。コアな部分には近寄れない。

「おまえはまだ駒《こま》のひとつだ。焦るな」

見据えられて、あごを引く。岡村は姿勢を正した。

岩下の言っていることは、言葉そのままで取れば嫌味だ。でも、偽りのない真実だった。ごまかされたわけじゃない。

舎弟の他にも、配下の協力員を抱えている周平と違い、ようやく独り立ちできたばかりの岡村には、使える駒がほとんどない。

そういう意味でも『駒』から抜け出せていないのだ。情報だけを得ても、使えないのでは意味がない。下手をすれば混乱を招くだけだ。

「俺にできることはありますか」

拗ねたり意地になったりせず、素直に教えを請う。岩下は、佐和紀の淹れた紅茶を一口飲み、どことなく優しい表情を浮かべる。愛妻を思い出しているのだろう。

そして目を細め、鋭さを取り戻す。

「まずは、石垣が抜ける部分を誰で補うかだ。親衛隊だとか言ってるやつらは、立場が立場だ。使い勝手が悪いだろう」

佐和紀の親衛隊を結成したいと言い出したのは、二次団体の幹部たちだ。それなりの立場がある人間ばかりだから、いざというときの役には立つ。しかし、岡村があごで使うような、気安い頼みごとはできない。

「佐和紀もまだ、あいつらの采配《さいはい》を取れるほどは成長してないしな。……おまえも、な」

「はい」

そこも否定はできない。真摯《しんし》に受け止める。

「おまえと三井の間に立って、バランスの取れる人間なんてな。意外に難しい。……佐和紀にべったり付きたいか？」

即答はできなかった。願望はあるが、そうなるとデートクラブの管理業務には関われなくなってしまう。シノギの重要な部分だ。将来的には佐和紀の管轄になるとしたら、他の人間には任せられない。

「利口な判断だ、シン。そこはおまえが押さえてろよ。北見もおまえのことは気に入ってる。……ただ、佐和紀もいつかは、右腕を必要とするようになる」

「……俺を、推してください」

「それは佐和紀が決めることだ。せめて、自分の命を預ける相手ぐらい選べないとな……、男としての先はない」

そこに自分を入れない岩下は寛容だ。なんとしても自分が守るのだと、虚勢を張ったことも言わない。

できないことはできないと、知っているからだ。岩下には他にも仕事が多く、佐和紀のためだけには動けなかった。

「なぁ、シン。どうして、俺に答えを求めるんだ」

「……」

言われている意味がうまく取れない。黙り込んだ岡村を眺めた岩下はゆったりとした仕草で足を組んだ。

「俺はいまでもおまえのアニキ分だ。それはいい。でも、いつまで、指図を必要とするつもりなんだ。おまえはもうひとりで業務を回して、北見たちのことも扱えてるじゃないか」

「佐和紀さんについては……。俺の一存では……」

佐和紀は、岩下の伴侶《はんりょ》だ。どんなに好きでも、岡村が囲い込むことはできない。

「それがどの程度の意味か、考えたことがあるか？」

眼鏡のレンズ越しに、岩下の瞳が細くなる。心のふちを覗くような表情に、色気と凄みが混ざり合う。

「佐和紀の右腕になる確証が欲しいのは、あいつから指名を受ける自信がないからか。俺が約束しても、あいつが他の誰かを選べば、白紙に戻るようなことだ。俺は、佐和紀の意志を尊重する」

「わかってます」

「じゃあ、どうして言質を取ろうとするんだ」

「それは……」

言葉が喉で詰まる。

「我慢してるつもりなんだろう」

微笑みかけられて、背筋がぞくりと震える。本来なら睨む場面で、岩下は平然と笑う。

それは佐和紀がときどき見せる行動パターンと酷似していて、ふたりが似通った夫婦なのだと思い知らされる。どちらがどちらの影響を受けたのか。いまとなっては、岡村にさえわからない。

「佐和紀が好きなんだろう。からかい半分にかわいがられるのは、それほどいいものだとは思えないけどな……。本気で嬉しいなら、人妻を食い荒らしたりしないだろう。……なぁ、シン」

長い付き合いで、性格も行動パターンもすっかり読まれている。それでも岩下は、遊び半分でからかう佐和紀のことも、本気を隠して付き合う岡村のことも止めない。

「人妻を抱いて晴らせる程度なら、うまくやればいいんだ。あんなふうにわかりやすく荒れてみせるのは、誰の気を引きたいからだ？　……いまさら、俺に本気で叱《しか》られたいか。

望んでるなら、躾《しつ》け直してやってもいい」

「それは……、断ります」

くちびるを引き結んで、視線をそらす。苦しさが込みあげて、息さえままならない。

「佐和紀に叱られたいなら、それはそれで、もっとうまくやってくれ」

顔を上げると、岩下はめんどくさそうにため息をついた。

「だいたい、間男になりたいおまえのために、どうして俺がここまで気を回さなきゃいけないんだ」

それも佐和紀のためだろう。

岡村には計れない佐和紀の気持ちを、岩下は知っている。聞き出したいと思う欲を抑え込み、岡村は浅く息を吐き出した。

「俺が言えることはな、シン。こういう苦しさは増していくってことだ。だから、タモツは日本を離れる。あいつには耐えられない。いまの佐和紀を見ていることも、従うおまえが壊れるかもしれないことも」

「壊れたりしませんよ」

岡村が即答すると、岩下はかすかに苦笑した。

「佐和紀とおまえの間のことは、俺には関係のないことだ」

「それは……、なにがあっても、いいってことですか」

「都合がいいな、おまえは。言質は与えないぞ」

岩下は黙って見つめているつもりだ。岡村が間違えても教えるつもりはないのだろう。道を踏み外せば、ただ静かに始末されるだけだ。

「ただ、俺が頼みたいのは……」

一息ついた岩下の目が、まっすぐに岡村を見た。

「佐和紀を傷つけないでくれ」

ただの男としての言葉に、

「どうして、あんたは」

岡村のくちびるは、わなわなと震えた。足の上で握りしめた拳が揺れる。自分の手で片手を押さえ、岡村は身をかがめた。

「それなら、あんな女を、野放しにしないでください」

「アレは西を引っかき回す点では、いい駒なんだ。本郷《ほんごう》と繋がったのも都合がいい」

「佐和紀さんに害が及ぶとわかっていてもですか」

「次はない。身内になにかあれば、すぐに消す」

岩下が煙草の箱を引き寄せる。一本取り出した手を、岡村は身を乗り出して押さえた。

「あの女の始末を、佐和紀さんにさせるつもりですか」

「そんなことを言い出すとしたら、俺じゃない」

望むのは京子だろう。頼まれたら、佐和紀は断らない。

「それは佐和紀さんを傷つけることにならないんですか」

「……どう思う」

岡村の手を振りほどき、岩下は煙草に火をつける。煙が細くたなびいて拡散していく。

「西の抗争の決着を、あの人に……」

続きは視線で咎《とが》められた。軽々しく口に出していいことじゃない。

ヤクザ同士が揉めたとき、火種はどこへ飛ぶかわからない。だからこそ、導火線を見極めておく必要がある。それを切れば、すべてが解決する。そういう糸口は、気づかれないだけで、いつも存在している。

大事なのは俯瞰《ふかん》する目とタイミングを読む感覚。そして、実行者たちが目的に従順であること。

指図を飛ばした人間にもたらされるのは、地位と名誉だ。

何度もお膳《ぜん》立《だ》てされるようなチャンスじゃない。一世一代、千載一遇。それを佐和紀のためにつくりあげようとしているなら……。

「風呂、あがったよーっ！」

なにの予感も感じていない男の無邪気な声が廊下に響く。あとに続くのは、上機嫌な戦時歌謡のメロディだ。すぐに遠のいて聞こえなくなる。

「そういうことがあるとすれば、シン、おまえにも役立って欲しい。それまでに、佐和紀との距離を決めておけ。……離れたいなら、西に飛ばしてやってもいいぞ」

冗談を口にして、岩下はもの悲しげに笑う。

「佐和紀が、あんなにきれいじゃなければよかったのにな」

ふとこぼれ落ちた本音が、岡村の心をかきむしる。

「変えたのは……、あんたじゃ、ないですか……」

顔がきれいなだけの低能なチンピラを、色香漂う極道者にしたのは岩下だ。

岡村は浅い息を繰り返し、なにも考えたくないと逃げる自分を引きずり戻した。

逃げることは無意味だ。時間は止まらない。

先にあるものが大事か小事かもわからない。

もしも先に出会えていたとしても、結果は同じだ。岩下より先に愛されていたとしても、佐和紀はきっと岩下と巡り合い、岩下を選ぶ。

それを運命と呼ぶのは残酷だ。決まった人生なんて、もっとも憎んだ言葉だった。だから佐和紀をあきらめきれないのだ。

結局は自分が選んだものを信じるしかないと岡村は思った。自分が選んだ道だけが、自分を納得させる、確かな道であるはずだった。

後味の悪い話は淀んだ空気のままで終わり、岩下も切り出すタイミングを計っていたのだと、部屋を出てから気づいた。

母屋と繋がっている渡り廊下の途中で、離れに戻る佐和紀と出くわす。洗いざらしの髪で笑いかけられ、美しさが胸の奥にしみる。

「そういえばさ、シン」

挨拶だけでは味気ないと思ったのか、佐和紀が足を止めた。

「原田だっけ？　あの美人」

「壱羽です」

「知世だったな……。また来たよ」

「すみません。よく言い聞かせたんですが」

会ったのは二日前だ。石垣たちと飲んだ翌日のことだった。

「縄かけて繋げるものでもないし、いいんだけどね。俺に、通帳とカードを渡していったんだけど。おまえに返して欲しい。って」

「直接渡すのが筋だろう……」

思わず、ぼやきがこぼれる。

仕事についていくと言って聞かないのが腹立たしくて、金をやるから実家に帰れと突き放した。それで、反対に全財産を差し出してきたのだろう。佐和紀を通したのは、子どもっぽいあてつけだ。

「デートクラブの面接に来たときに渡した金です」

本当のことが言えずに、嘘をつく。

「あいつの家も大変らしいな。タカシに聞いた。強がって返しに来たんだろうけど……、

ないと困る金だろう。どうする。俺から戻しておくか」

「いえ、俺が」

余計な手間だ。面倒ごとに巻き込みたくなくて答えると、

「じゃあ、母屋に持っていく」

佐和紀が横をすり抜けた。シャンプーの香りに、岩下が使っている香水が混じっている。

どちらもいい匂いだ。振り向いて見送ろうとした瞬間、名前を呼ばれた。

湯あがりの浴衣《ゆかた》をざっくりと着た佐和紀の胸元は、いつもより心もとない。男だから胸

が見えても問題はないが、夫婦の営みでつけられたキスマークは目の毒だ。

「いま女がいないなら、おまえ、面倒見てやれば？」

あっさり言われて、言葉を理解するまでに、数秒かかった。

「どういう意味ですか」

「おまえに惚れてるんだろ。……おまえもフラフラしてないで、ひとりに決めれば……。

男なら、子どもがどうのってのもないし」

「……佐和紀さん」

残酷なことを言わないでくださいと、喉元までせりあがった台詞が出口を見失う。

岩下と交わしたばかりの会話が脳裏をぐるぐると回った。

「遊びが過ぎたことは反省してます。今後は身の周りに気をつけますから」

「……周平がどうこう言われるのは、いいんだよ。あいつの行いが悪いせいなんだから。

ただ、おまえにもさ、いままで作ってきたものがあるだろ。身を持ち崩したみたいに言われるのはな……」

「男は、星花がいます」

「あれは、仕事の相手だろう」

好きになったなんて嘘は通用しない。そもそも、星花は生粋の多情症だ。

岡村が向けた視線から、佐和紀は逃げた。きれいな顔立ちに翳《かげ》が差して、思わず駆け寄りたくなる。

「知世を、俺の愛人にしろってことですか」

「……好きだって言ってくれる相手がいるなら」

言い淀んだ佐和紀の顔を凝視する。

振り向いて欲しい。しっかりと目を見て、なにを考えてそんなことを口にするのか、わかるように言って欲しい。

熱烈に望んでも、佐和紀は続きを言わなかった。

そのまま、くるりと背中を向ける。逃げられて、追えなかった。

「どうして」

ぶつけられないままの疑問が、ひとり取り残されて、こぼれ落ちる。

好きだと言われても、好きになれるわけじゃない。

ましてや、知世の声は佐和紀を思い出させる。気づいてしまったら、なにもかもが佐和紀に重なっていくほどだ。そばに置けるはずがない。

しかし、佐和紀には、好いてくれる相手をそばに置くことが、岡村の幸福に思えるのだろう。頭の中に周平のことしかないから、岡村が誰を見ても、誰に求められても、佐和紀は嫉妬するどころか、苛立《いらだ》ちもしない。当たり前のことなのに、岡村の心は納得せずにケバ立つ。

遊び半分にからかわれることで、所有された気持ちになっていた。身体を繋ぐことがなくても、キスさえしなくても、独占欲を向けられていると期待していたのだ。

虚《むな》しさが脱力感を生み、自嘲しながら踵《きびす》を返す。

母屋の台所兼食堂に入り、佐和紀を待った。

なにごともない顔で戻ってくるはずだから、大人の対応で返そうと、繰り返し自分に言い聞かせる。

それでも心は乱れた。落ち込んだ気分で肘をつくと、携帯電話が震え出す。登録していない電話番号だが、数字の並びを見れば相手はわかる。母親だ。電話がかかるのは珍しい。

ついに父親が死んだかと思いながら出ると、柔らかく気弱な声が聞こえた。近況を聞かれ、すべてをひっくるめて「元気だ」と返す。

なにかあったのかと聞きかけて、言葉を呑んだ。

病気で入院している父親が死んだなら、もっと取り乱しているはずだ。穏やかに始まる電話の行きつく先は、想像もたやすい。

言い淀んだ母親の声が震え、一緒に病院へ行って欲しいと切り出された。

「その話は、もういいから」

断っても、一度でいいから、もう長くはないから、と繰り返される。

「向こうも会いたくないだろう。優しい言葉なんてかけられない」

かまわないから。お父さんは会いたがっているから。

生きてる間に、一度だけ。

「母さん、あんたがあの男をどう思っていようが、それはかまわない。でも、俺を巻き込むのはもうやめて欲しい。……やめろって、言ってるんだよ！　いまさら、家族ごっこなんて！」

感情が爆発した。母親に怒鳴ってもしかたないと、どこか冷淡な自分を心の端に感じる。しかし、電話を切った瞬間に感情が波立った。そのまま壁に投げつけようとして、我に返る。タイミングが悪すぎる。こんな気持ちのときに、父親の話なんて。

「くそッたれが……っ」

汚い言葉を吐いてから、人の気配に気づく。鋭く振り向くと、佐和紀がドアを閉めて立っていた。

「すみません。見苦しいところを」

目元を歪め、表情を取り繕う。浅い息を繰り返し、奥歯を噛んだ。

「……おふくろさんか。……親父《おやじ》さん、アレなのか？」

危篤なのか、死んだのか。言葉を濁した佐和紀に対し、岡村は顔を伏せた。

「なんだかんだで生きてます。どこまでもしぶとくて、嫌になる」

「親だろう」

ふっと見せる微笑みは、苦笑に近い。気持ちを慮《おもんぱか》られる居心地の悪さに、岡村は話を切りあげた。

佐和紀が手にしている通帳とカードを抜き取り、会釈を残し、かたわらをすり抜ける。

「シン……」

呼び止められて、苦々しさを感じた。表情がうまく作れず、無表情で振り向く。

佐和紀の手が伸びてきて、首に巻いたネクタイをそっとゆるめられる。

「あんまり、生真面目《きまじめ》に考えるな」

言われて、その手を摑んだ。乱暴にはできず、柔らかく包み込む。父親のことを口にする母親の声を聞き、ただでさえ乱れた感情の中に、佐和紀の優しさは残酷だ。

佐和紀の手に顔を近づけると、凶暴ささえ感じさせる淡い石鹼《せっけん》の香りが漂い、いっそう心が揺さぶられる。佐和紀が風呂場で使う石鹼は、岩下が愛用する香水と同じ香りだ。

そして、このあと、この人は、岩下に抱かれるのだ。そう考えただけで、どうして一線を越えてはいけないのか、わからなくなる。

人の気持ちを知っていて、からかうように身体を近づけるのは佐和紀の方だ。

誘いをかけられてるみたいだと思うことは何度もある。そのたびに、バカみたいにときめいて、死にたくなるほど欲情を感じてしまう。

「好きです」

口にするときはいつでも本気だ。

抱きしめたい。キスしたい。そう思う。

でも、

「知ってる」

と答える佐和紀が、いたずらな無邪気さを隠そうともしないから。ふたりの間にある、細い一線が越えられない。

佐和紀の知っている「好き」よりも、岡村の「好き」は湿っている。

抱き寄せて、キスをして、舌を這わせて、夜毎《よごと》、岩下の手でいじられている場所を自分の指で開きたい。泣き出すまで、押し込んだ熱で、軟らかな肉をこすりあげたい。

「佐和紀さん、おやすみなさい」

キスをするようにこめかみに息を吹きかけ、開き始めた古傷を隠して身体を離す。

心がズタズタにされるような痛みを感じ、みっともなく目が潤んだのを見られたくなかった。

「気をつけて帰れよ」

廊下を歩く背中に、佐和紀の声が届く。

どれほど名残惜しくても、今夜はもう振り返れなかった。

＊＊＊

まばらに明かりが灯《とも》る建物は、数年前に建て替えられたばかりだ。明るく清潔な雰囲気だが、サイレンを鳴らした救急車が近づいてきて、やっぱり病院なのだとわかる。

通り越しに停めた車にもたれ、岡村は火のついた煙草をくわえた。

見るのも嫌いだったかつての病院は跡形もなく、記憶の中でさえ朽ちている。

子どもの頃、父親に殴られて吹っ飛び、テーブルの端にぶつかった頭が破れた。だらだらと流れた血を目にしたとき、母親はいままで聞いたことのないような大きな叫び声をあげた。

病院に担ぎ込んだのは、父親本人だ。自分の服を、自分が傷つけた子どもの頭に巻きつけ、怒鳴りながら走っていた。

揺すられるたびに痛みが走り、子ども心にも「この人は本当のバカだ」と思った。

父親はそのあと一度も見舞いに来なかった。次に会ったのは、一年経った頃だ。

記憶はいつも、薄暗い廊下で泣いている母親の姿で終わる。

なんとも言えない苦さが甦り、自分の吸う煙草の匂いにも吐き気を感じた。煙草をコンクリートに落として、革靴の裏で揉み消す。

車を置いたまま、ふらふらと歩いた。暗い道に伸びる影を、淀んだ記憶が追いかけてくる。

煙草と酒の匂い。母親が殴られるたびに響く音。なぜ、加害者である父親が泣くのか、わからなかった。いまも、わかりたくはない。

暮らしていた公営団地もなくなり、遅くまで遊んだ公園は敷地が減らされている。申し訳程度の緑地には木が生い茂るばかりだ。夜の気配に満ちて、どこかおどろおどろしい。

岡村は顔を背けた。近くのコンビニに入ってショートピースを買う。

親に対するこの気持ちは、許すとか許さないとかじゃない。ただ関わりたくないだけだ。

無駄に明るいコンビニの店先で、一本引き抜いた両切り煙草に火をつける。吸うともなく指に挟んで、身体が覚えているままに線路端へ出た。

踏切の警報が響き、遮断機がおりている。

行き過ぎる電車は猛スピードだ。

眺めている頬に水滴が当たる。岡村は動かずに濃いピースを吸い込んだ。葉っぱがくちびるにつき、佐和紀ほどうまく吸えない。咳《せ》き込んだうなじに、雨粒が跳ねる。

あっという間に本降りに変わり、煙草の火が消えた。

遮断機は上がったが、渡る気になれない。そうこうしているうちに、また警報が鳴り、遮断機がおりた。

父親に殴られた頬を押さえながら、ふらふらと歩いていた母を、泣きながら追いかけた夜を思い出す。心が揺さぶられ、凶暴な憤りが甦る。

走っても追いつけず、遮断機がおりて、走り抜ける電車の向こうに必死で呼びかけた。

幸せな家庭なんて見たことがない。それは他人の家で、自分の家じゃない。

だけど、行って欲しくなかった。

人のほとんど乗っていない特急電車はまるで幽霊電車のように過ぎ、遮断機が上がっても恐怖で動けなかった。駆け戻ってきた母親に腕を強く掴まれ、身をすくめたのと同時に抱きしめられた。涙で濡れた頬がこすりつけられる。こっちに来なくて偉かったねと言われた。

あっちには、行けない。そうずっと思ってきたのに。

父親の背中を、自分たちふたりは追いかけてはいけないと、そう教わっていたのに。岡村が選んだ道は、そこで踏みとどまることを願っていた母を裏切る結果になった。

自分はヤクザの道を選び、こちら側に踏みとどまることができなかったのだ。

父親だけが悪かったわけじゃない。

母親に落ち度がなかったわけでもない。

ふたりが工面してくれた進学費用で大学にも行き、この先は過去を忘れて生きられるはずだった。悲しい思い出もつらい記憶も、四年間の大学生活の中では幻のように現実感を失っていた。

なのに、同じ場所にいる。

雨に濡れた身体であとずさり、岡村は植え込みの陰にしゃがみ込んだ。

ショートピースはもう箱の中まで濡れている。自分が泣いているのかもわからない状態で、ただぼんやりと警報を聞き、遮断機がおりて電車が走り去るのを何度も眺めた。

いま、自分がいるのは、過去の向こう側だと思い知る。

父親に会えば、謝罪を期待してしまう。

自分がこうなってしまったのは父親のせいだと、責任転嫁して罪を逃れたくなるのも目に見えている。

越えられないのはいつも、目の前にいる男の背中だ。

それは父親であり、岩下であり、佐和紀でもある。

恨む気持ちを忘れて、岡村はただうつむいた。

考えれば、心は痛む。だから、なにも考えない。なにも感じなくなるまで、ただじっと待つだけだ。そうして、いままでも乗り切ってきた。胸の奥に残る、深い傷痕の疼《うず》きをやり過ごした。

髪から流れた雫《しずく》が頰を伝い、あご先から滴り落ちていく。痛みの奥に思い出すのは、佐和紀の瞳だ。すがるように追いかけ、岡村は感情にふたをした。

3

「シンさん、二日酔い？」

書類整理をしている岡村の横で、コマ付きのイスの背を抱くように座った三井が、くるくると回る。

組事務所はいつもと変わらぬ風景だ。黙々とキーボードを叩《たた》く構成員がいれば、ひたすら書類をシュレッダーにかける構成員もいる。かと思えば、隅の方からは賭《か》け花札をしているグループの歓声があがった。

「顔色が悪いよ」

心配そうな声で顔を覗《のぞ》き込んできた三井は、

「あんまり抜きすぎると赤玉出るよ」

などと、ふざけたことをささやいて笑う。その顔を肘《ひじ》で押しのけ、まとめた書類をバインダーへ挟み込む。

「知世のせいなんでしょ？」

押しのけた拍子に後ろへ下がった三井が、両足を器用に使って戻ってくる。

知世には組事務所から出なければならない仕事を押しつけてある。これで、顔を合わせる時間は格段に減った。

「あれ、処女じゃないんでショ？」

「だから、なんだ。寝たいのか」

振り向かずに聞き返すと、三井は左右に揺れる。

「俺、男は向いてないから。……あの子さ、きれいだし、頭いいし、度胸もあるし。いいんじゃないかと思うけどね」

「それと処女じゃないのと、なにの関係があるんだ」

「シンさんの夜のお供に……じゃなくて、タモッちゃんの代わりに」

思わぬことを言われ、手を止める。

「なに言って……。タモツに殴られるぞ」

「あー、タモッちゃんは嫌ってるもんな。でも、ナーバスになってるだけだよ」

石垣が留学をすると聞いたときは、号泣するほど酔っぱらったくせに、いまとなっては、いついなくなってもいいと言いたげな態度だ。

「タモッちゃんはさ、シンさんが、美人で処女の若い男に夢中になるのが嫌なんだよ。わかるだろ？」

「わからない」

「えー、俺でもわかるのに。だっからさぁ、自分の分も、姐《あね》さんにぞっこんでいて欲しいんだよ。勝手なんだよなぁ、自分は逃げるくせに」

「……逃げるのか？」

三井まで、岩下と同じことを言う、

「タモッちゃんは我慢強くないからさ。姐さんに殴り殺されるのが早いか、アニキに暗殺されるのが早いかっていう……」

他人事《ひとごと》だと思っている三井は楽しげだ。

「その穴埋めがどうして、あいつになるんだ。他にもいるだろう」

「いると思う？　真柴さんも能見《のうみ》さんもよその人間だし、寺坂《てらさか》さんたち親衛隊は、名前ばっかりでフットワーク重いし。だいたい、姐さんといてトチ狂わない男を見つけるのは難しいじゃん。だから、あのガキが適任っぽい。うちの姐さん的にも、あの手の苦労してる若いのは嫌いじゃないだろ」

言うことはいちいちがもっともだ。最後の言葉は特に真実味がある。

知世は、年齢に似合わない苦労人だ。大学を休学しているのも、家業に金を回したせいで学費を払えなくなったから、という話だ。仕事の要領はいいし、礼儀作法も行き届いていて、人付き合いも上手い。

膝《ひざ》をつき合わせて話せば、岡村だってほだされるだろう。

　だからこそ、あえて関《かか》わらない。

「シンさんがうまく手綱を握ってくれたら、裏切らないタイプだと思うんだよな。事務所でも人気あるしさ」

「仕事の邪魔だ、黙ってろ」

「なにが問題なんだよー」

「……さぁな」

　そっけなく答えて、三井を遠くへ押しやる。

　深くは考えたくなかった。母親の電話で開いてしまった傷は、まだ乾き切らず、誰《だれ》かと新しい関係を構築する気力が湧《わ》かないのだ。

「ねぇ、シンさん。タモッちゃんのこと、怒ってる？」

　イスから下りた三井が近づいてきて、足元にしゃがみ込んだ。

　岡村は手を止め、その髪をわしゃわしゃとかき混ぜた。

「帰ってくるって、本人が言ってるだろう。帰ってくるよ。俺だって信じてるから。逃げられるなら、いまはそうすればいい」

「冷たいのか、優しいのか……。シンさんは昔から微妙だよな」

　勝手なことを言って立ちあがり、三井はふらりとその場を離れた。なんでもないように明るく振る舞っても、相棒が消えるさびしさを持て余している。

陽気さに騙《だま》されていたら、気づかないうちにあっさり壊れてしまいそうだ。三井にはそういうところがある。岡村は、石垣がいなくなる夏以降のフォローに思いを巡らせた。

ふたりの繋《つな》がりが深い分、崩れたバランスを取るのは難しい。

佐和紀にべったり付かせるよりは、しばらく岩下に付いているのが三井にはいいだろう。そうなると、やっぱり、欠けた世話係の補充が大前提になる。

知世の顔が脳裏をよぎった。佐和紀があんなことを言い出さなければ、それもアリだったかもしれない。ただ、佐和紀が気に入っただけなら……。

悶々《もんもん》としながら書類の整理を終え、別の書類に記載された数字の確認に移る。

すべて終わった頃には、すっかり外は暗くなっていた。

花札をしていた連中もとっくに夜の町へ繰り出し、事務所はがらんとして静かだ。

重い頭をほぐすようにこめかみを揉《も》んでいると、湯のみが出された。顔を上げると、はにかみを浮かべた知世が離れていく。フロアに残っている全員にお茶出しをした一番最後が岡村だ。

「栄養ドリンク、あったか」

岡村からの一言を待っていた知世は、パッと振り向く。満面の笑みでうなずくと、小走りに給湯室へ消えた。すぐに三種類の瓶を持って戻ってくる。

「よかったら、肩でも揉みましょうか」

選んだドリンクを飲み終えるのを待った知世に言われて、岡村は隣のデスクのイスを指差した。

「座って。背中を向けて……」

自分が揉む側なのにと言いたげな知世は、それでも素直に従う。

スッと背筋を伸ばして、イスに腰かけた。髪が少し伸びたのか、以前よりも首筋の肌が見えない。

和服を着せてみたいと思いながら眺めていると、知世が肩越しに振り向いた。

「岡村さん、風邪《かぜ》をひいてるんじゃないですか。昼間は顔色が悪かったけど、いまは赤いような気がします」

「明日は休めるから、寝て過ごす」

確かに夕暮れの頃から、身体《からだ》の芯《しん》に悪寒を感じていた。根を詰めているからだと思っていたが、雨に打たれたのがよくなかったのだろう。その上、毎日の眠りが浅くて、疲れが溜《た》まっている。

「看病しに行ってもいいですか」

静かな物言いだが、押しが強いのは相変わらずだ。

「プライベートに、土足で入ってくるな」

「玄関を教えてくれたら靴ぐらい脱げます」

「……おまえは全裸になりそうだ」

ただ知世の首筋を眺めているだけの岡村は、重いため息をつく。冗談を言う元気は残っている。

「そういえば、組からバイト料はもらってるか」

「いえ、俺が勝手にしてることですし、寝泊まりもさせてもらって……」

「そうはいかない。待ってろ」

初老の経理担当がまだ残っている。デスクまで行って事情を話すと、すぐに経理用の小さな金庫から一万円を数枚出してくれた。

それを知世に押しつけて、イスに座り直す。

「まがりなりにも大滝組の事務所だ。働けば、小遣いぐらい出る。この世界で生きていくなら、対価はもらえよ」

「岡村さんはなにも言わず、お金を貸してくれたじゃないですか」

「それだ。……あんな格好の悪いこと、二度とするな。おまえは短絡的すぎる。空回りばっかりして」

通帳とカードは三井に頼み、知世に返してもらった。

「すみません……」

落ち込んだ声に反省の色が見える。話が通じないわけではないのだ。ただ、どうにかして岡村の気を引こうとしているだけだ。

「あの金は、迷惑料だ。スカウトとヤッただろ　ビデオも撮ったしな」

「あれ、商品になったんですか」

「ならないよ……。なるわけないだろ。参考用だから、カメラワークもなにもあったもんじゃない。そもそも、下部組織の組長の子をビデオに出させたなんて、恥さらしもいいところだ。おまえもな、親の面子《メンツ》を考えろよ」

「なりふりかまってたら、うちなんてつぶれますよ。アニキ、本当にバカだから。……義《ね》姉《え》さんがかわいそうだ」

「惚《ほ》れてたのか」

「尊敬です。……俺、昔から男にしか興味がないので」

恥ずかしそうにうつむく。その頬《ほお》は、ほんのりと赤く見えた。

「経験数は何人？　面接のときはなんて答えた」

「あの……」

「タチもやるんだろう」

あけすけな質問に、頬はますます赤くなる。ピンクを通り越して耳まで真っ赤だ。

「そんな赤くなるほど、うぶな身体じゃないだろう」

イスの背に肘をついて、こめかみを支えながら視線を向けると、

「これっ、は……。岡村さんだから、です……」

両手で頬を強く押さえた。自覚もないらしく、どうしたらいいのかと戸惑うように目元を潤ませる。

あらためて眺めると、佐和紀が勧めてきたのも納得できた。

スネてグレたりもしたのだろうが、知世は基本的には純真でまっすぐな性格をしている。嫌味がないし、空回りしがちなのも若さだと思えばかわいい。

「突っ込まれるのが好きか」

「……惚れた相手としたことがないので」

「因果だな」

思わず笑ってしまう。そのくせに、一目惚れだと言って追い回してくるのだから、変わっている。

「惚れた相手としてみたくて、俺を追いかけ回してるわけか？」

「セックスだけが目的じゃありません」

「そういうのは面倒だ。いっそ、割り切ってる方がいい」

「割り切れないんです。……迷惑だって言われても、好きなんです」

「どうでもいい」

そっけなく答える。割り切っていれば抱けるのかと問われたら、それも返事に困る話だ。

「組の若いのと簡単に寝るなよ。これ以上、佐和紀さんの気分を害することをするな」

「しません。岡村さんがいますから」

「誤解を呼ぶような言い方もするな。迷惑だ。おまえは、少しもわかってないだろ……。帰る」

腰を浮かせると、知世が立ちあがった。

「お送りします。車の免許は持ってますから」

「おまえに愛車を任せるなんて、死んでも嫌だ。裏の通りにタクシーを呼んでくれ」

手近なデスクに戻ってきた構成員に声をかける。「ハイッ」と小気味のいい返事に、知世は落ち込みを隠そうともせずにうつむいた。

＊＊＊

タクシーで自宅に帰りつき、部屋着に着替えた岡村は、身体のだるさに勝てず、ベッドへ潜り込んだ。

すぐ、眠りに落ちる。しばらくして寝苦しさに目を覚ますと、確認する必要がないほど体温が上がっていた。意識が朦朧《もうろう》として、泥のような睡魔に引きずり込まれて、再び眠る。

それでも夜中に猛烈な吐き気で目が覚めた。ふらつきながらトイレへ行き、胃の中のものをすべて出した。水を飲んで、布団に戻る。

誰かに連絡して、風邪薬だけでも届けてもらおうと思いながら、それさえできずにまた眠りに落ちた。

三井から電話があったような気がしたが、よく思い出せない。

目を開いた先の天井がほのかに明るいことで朝が来たと思ったが、次第に景色と自分が回転し始め、たまらずに目を閉じた。

頭の奥がガンガン痛み、胸の奥がムカムカする。

気分は絶不調に悪く、喉《のど》が渇いた。腹も減っているが、食欲なんてあるはずもない。

枕《まくら》を引き寄せ、布団にくるまると、遮断機の音が聞こえるような気がしてくる。思い出したくない記憶から逃れ、今度はスカウトに抱かれる知世の姿を思い出した。

乱雑な映像の中で、腰を摑《つか》まれてバックから突かれるたび、かすれた声が響く。それはやがて、盗聴器越しに盗み聞く佐和紀の声になった。

つかの間のアバンチュールを愉《たの》しむ岩下と佐和紀は、ビルの地下駐車場で性急なカーセックスをする。それを、何度か盗み聞いた。

声をこらえる佐和紀はいやらしく悶《もだ》える。知世の声に似ていると思いながら、知世が似ているのだと訂正し直す。

ふたりの甘い声はやがて重なり合い、妄想の中に佐和紀が現れた。しどけなく開いた足の間に身を置くのは岩下だ。
のけぞる首筋を支えられ、佐和紀が指を立てる。
指差したのは、知世だった。抱けと勧められ、岡村は息を呑《の》む。
そこにいるのは知世だが、『佐和紀』だ。
妄想の佐和紀が、岩下に揺すられながら、こいつの身体は俺と同じだ、と言う。
俺とまったく同じ柔らかさでしごくから、入れてみろ。
そう、そそのかしてくる。
いつもと同じからかうような声なのに、見つめてくる目は真剣だった。
なにかを試している。そう感じる岡村の腕に、知世がすがりついてくる。
試されている。
それでも佐和紀がいいと岡村は思う。
早く抱けと、佐和紀が言う。
岡村は首を振る。イヤだと答える。
遮断機の警報が鳴り響き、母親を呼ぶ自分の声が、こだまの尾を引く。
俺はおまえのものにはならない。いい加減、あきらめろ。
求めてやまない男の声が耳元でささやく。それができれば、こんなにも苦しまない。
うなされた岡村は、パッと目を開いた。部屋が明るい。

カーテンは引かれたままだが、キッチンの明かりがベッド近くまで届いている。消し忘れたかと思ったが、ひんやりと気持ちのいい氷枕にも覚えがなかった。

額には濡《ぬ》れたハンカチが乗っている。

「悪い夢だったか。かわいそうに」

顔を覗き込んだ佐和紀が、慰めるように柔らかく微笑《ほほえ》んだ。

夢の中よりも格段に優しく、何倍もきれいだ。本物だと思いながら、そんなはずはないと思い直す。

どこからどこまでが夢なのか、判然としない。

「佐和紀さん……」

かすれた声を出すと、スポーツドリンクのペットボトルに挿したストローの先端を、くちびるにあてがわれる。素直に飲むと、水分が身体中に染み渡った。

「タカシから連絡があった。おまえが心配だって。……薬も、持ってきた。おかゆも作ってる」

立ちあがろうとする佐和紀の手を、岡村は柔らかく摑んで引き止めた。着物の袖が柔らかく揺れる。

「嫌な、夢だった」

「うなされてたもんな」

「……そばに、いてください」

手を握ると、佐和紀はその場に戻った。両手でそっと包まれる。大事そうに手の甲をさすられて、肩の力が抜けた。安堵《あんど》感が胸いっぱいに広がっていく。

もう一度、水分を取った。意識がようやくはっきりする。

「見られたくなかった。来てくれるなら、片付けておいたのに」

佐和紀の後ろに見える部屋は、みっともなく散らかったままだ。

「男のひとり暮らしは見慣れてる」

笑った佐和紀が小首を傾《かし》げる。

目を覚ました岡村を見て、ホッとしているのだろう。さらに顔を覗き込んできて、熱をみるように手のひらを岡村のこめかみへ押し当てた。

「佐和紀さん」

「うん？」

「手が冷たくて、気持ちいいです」

そう言うと、指先がこめかみから頬をなぞった。

「名前を、呼んで……くれませんか」

優しい動きで肌を撫《な》でられ、目を閉じる。自分の手で捕まえ、指先をくちびるへと引き寄せた。

「シン……」

「はい」

「こんなに疲れるまで頑張るな」

「あなたのためです」

　視線を向けて、見つめる。

「……あなたのためだから」

　繰り返すと、佐和紀は困ったような顔で目を細めた。眼鏡《めがね》越しでもせつなげな表情がわかり、胸が痛む。

「笑って、ください」

　手を伸ばして、少し起きあがる。佐和紀の頰を指先でなぞりながら、淡い色づきのくちびるを見つめた。これは夢じゃない。佐和紀は確かにここにいる。

　風邪をうつしたら悪いと思う一方で、同じものを共有することへの憧《あこが》れが募り、病んだ気弱さもあって甘えたくなる。

「ちゃんと寝てろ」

　笑った佐和紀に手を握られ、岡村は抗《あらが》いながらキスを求めた。

　一線を越えるなんて簡単だと思ったとき、

「俺の嫁にうつすなよ」

低く張りのある美声で、現実へ引き戻される。

ピキッと凍りついた岡村は、錆《さ》びたブリキの人形のように首を動かした。視線の端に映る佐和紀はなにごともないように振り向く。その向こうに、包丁を持った岩下がいた。

「危ないだろ、そんなもの持って」

佐和紀に笑われて、

「ネギ、切れたけど？」

カジュアルな服装の岩下が答える。

「ネギ……」

岡村が繰り返すと、佐和紀がうなずく。

「周平がおかゆ作ってくれたから」

「ア、アニキ……」

畏《おそ》れ多いを通り越して、悲しくなってくる。

「嬉《うれ》しいだろ、なぁ」

岩下がにやりと笑う。岡村は氷枕に突っ伏した。佐和紀に布団をかけ直され、ぽんぽんと肩を叩かれる。それさえ悲劇だ。

「味見してくる」

無邪気な口調の佐和紀は、岩下から包丁を受け取って消える。

「さびしがり屋だな、シン」

ベッドの端に座った岩下に、ぎゅっと耳を引っ張られた。

「いっ……」

思わず息が詰まり、

「周平っ！　優しくしてやれよ」

キッチンから佐和紀の声が飛んでくる。

「してるだろ。なぁ、シン」

「は、はい……」

答えながら両耳を押さえた。カットソーの袖をまくりあげた岩下は、ベッドの上に落ちたハンカチを拾い、そばに置いてある調理用のボウルに張った水で絞り直す。

「おまえに無理をさせてるか？」

ひやりとした感触が額に乗る。

「いえ、体調管理不足です。すみません」

「おまえはよくやってるよ。支倉も褒めてるぐらいだ。……ストレスが溜まるなら、俺が人妻を用意してやろうか」

「……けっこうです」

真顔で答えた。

「あの美人がいるからか？」

岩下がふざけて笑う。

「知世ですか。あいつとは、なにもありませんよ。俺は星花だけで手いっぱいです。アニキと違って……」

そこまで言って、キッチンへ顔を向ける。佐和紀を探す。いままさに、カウンターの上に並んだ精力剤の空き瓶に気づかれてしまったところだ。

「あぁ……」

思わず声をあげてしまうと、

「もっとよく効くやつを買ってやるよ」

肩をすくめた岩下から同情の視線を向けられる。ますます落ち込みがひどくなり、熱があがったような気がした。

＊＊＊

岩下が作った粥《かゆ》を食べた後、発熱が落ち着いたのを確認した佐和紀にひとりで置いておくのが心配だと言われ、岡村の身柄は屋敷の母屋に移された。

それは別にかまわなかったのだが、佐和紀と知世が交代で看病を始めたのには耐えられず、ふたりともを断って三井と石垣を呼んでもらった。佐和紀と知世はそれぞれの理由で不満げにしていたが、精神衛生上の影響が悪すぎるのだ。

結局、熱が引いてもなかなか起きあがれず、完治するのに二日間もかかった。

「寝込んでたんだって？」

デートクラブのオフィスでぼんやりしているところへ北見がやってくる。

「息抜きは大事だぞ。岩下だってよくぶっ倒れてたもんな。まぁ、あいつの場合は貫徹セックスもザラだったからな。入院しないのが不思議なぐらいで……。そうだ、たまに点滴してもらうといいよ」

デスクに座った北見は、パソコンを立ちあげた。

「病明けのところ悪いけど、ちょっとこれを見てくれるか」

岡村がデスクの前へ行くと、手招きをしていた北見にビジネスチェアを譲られた。

「岩下に報告しようかと思ったけど、ヤブヘビになるからやめたんだ」

北見が、ケースから取り出したブルーレイの円盤を、機械にセットする。

「なんですか、これ」

「知世ちゃんのエッチビデオ」

あっさりとした答えに、岡村は首を傾げた。意外ではあるが、これを持っていたからといって、なにがヤブヘビになるのか、わからない。特に岩下は関係ないだろう。

「まぁ、ちょっとね。あの子、ユウキに似てるところ、あるじゃないか。懐かしくなって」

「似てますか？」

「ピチピチして、無駄にやる気のあるところ。ユウキはかわいい系だし、あの子は美人系で、種類は違うけどなぁ。あの素人クサい感じが、絶妙だな。処女だって言われたら信じそうだよ。……でなぁ、なにが気になるのかって考えてみて……、気づいた。岩下の奥さんに、ちょっと似てるな」

「え？」

イスに深く腰かけた岡村は、画面を操作する北見の横顔を凝視した。

「聞き比べたらさ、声が特に似てる。そっくりなときがあるんだよな。それで、岩下に言おうと思ったんだけど……。んなこと、あいつに言ったら、変だろ」

どこでその声を聞いたのかと、問われないはずがない。岡村の頭の中も、同じ疑問でいっぱいだ。

「でもさ、こういう発見って、言わずにいられないだろ？　俺はダメなんだ。『王様の耳はロバの耳ぃー！』だよ。これ、岩下の映像なんだ」

「いつのですか」

「つい最近。奥さんにSM部屋を見せたいって言うから、清掃入れてさ。カメラ切ったつもりだったんだけど、1カメと音声だけついてた」

「つけてた、……ですよね」

「そう言うなよ。ほんの、いたずら心だよ。マスターはもう削除したから、これも、見たら円盤を割ってくれ」

「どうして俺に渡すんですか」

睨《にら》みつけると、振り向いた北見は、デスクに腰を預けながら身をかがめた。

「共有したいんだよ、この驚きを。喘《あえ》ぎ声の震えるところと、首の後ろのとこが、おもしろいぐらい似てたから。知世ちゃんを撮って、御新造《ごしんぞう》さんの若い頃のビデオだって言っても、通りそうなぐらいだ。しないけど」

「俺もこれを、見るんですか……」

「そうそう。知世ちゃんのはこっちね。どっちも編集済みだから、一分もないよ」

北見はなんでもないことのように言う。こんな仕事をしているせいだろうか。北見はときどき悪趣味だ。

岩下に言わせると医者だからということになるが、それだけとは思えない。

「岩下のエロビデオ、抜けるからなぁ。また撮ればいいのに……」

佐和紀とのセックスをエロビデオと一緒にするなと言いたかったが、北見はさっさとオフィスを出ていってしまう。

岡村はため息をつきながら、視線をパソコンへ向けた。画面に開かれたフォルダの中に、映像ファイルがふたつ並んでいる。

見るべきか、見ないままで円盤を割るか。

イスにもたれた岡村はしばらく悩む。

比べてみたい欲求がなかったと言えば、嘘《うそ》になる。それでも、見ない方が身のためだと思った。なのに、まんまとこのありさまだ。

ため息をつきながらマウスに手を伸ばし、佐和紀の映像ファイルを再生する。

使われているのは確かにデートクラブのＳＭ部屋だ。男の背中に描かれた唐獅子牡丹《からじしぼたん》で、岩下だとわかる。そして、強制的に四つ這《ば》いを固定するイスに膝をついているのが佐和紀だ。顔は見えないが、肩と背中の一部分が映っていた。

「マジかよ……」

思わず、若い頃の口調で言ってしまう。

防犯用に撮影するためのカメラだから画質は悪い。でもマイクが拾っている声は鮮明だ。何回目の挿入なのか。もうすっかり泣きが入った佐和紀は背をそらしながら喘いでいる。かすれた声はカーセックスでの喘ぎとは違い、岡村が知っている以上にいやらしい。次第に大きくなり、艶《なま》めかしい嬌声《きょうせい》にすり替わる。

これ以上は……と思うところで映像が切れ、岡村は息切れする胸を押さえた。病みあがりの心臓に悪い。動悸《どうき》が激しくなり、顔を歪《ゆが》めた。呼吸を整え、隣のファイルを押す。

もうすっかり忘れていた知世の実技映像が流れ出し、息を呑んだ岡村はむせた。激しく咳《せ》き込み、頭を抱える。

聞き比べれば、似ているだけに違いもわかる。だけど、どっちがどっちと聞かれても答えられないだろう。

よくある喘ぎ声だと思う。人の声なんて、どうとでも聞こえるものだ。

それでも、もう一度見比べた。映像の中のふたりは似通っている。のけぞったときの首筋のラインや、声のトーン。感じた瞬間に吸い込むブレスの長さ。

「恨むよ、北見さん……」

ぼやきながらもう一度だけ、佐和紀を見る。

こんな卑猥《ひわい》な部屋でいったいどんなプレイをしたのか。想像するだけで罪深い。また熱が出そうで、そんな自分にもあきれ返る。

取り出したブルーレイを力任せに折ると、北見がひょっこりと帰ってくる。

「どうだった？　そっくりだよな」

のんきに歩いてくる男を睨み、

「北見さん。マスターは」

岡村は低い声で尋ねた。イスに背中を預けて、手の指を組む。

「……北見、マスターは？」

じっとりと見据えて、居丈高に繰り返す。デスク越しの北見が緊張した表情で固まった。

「あり、ません……」

「編集したのは誰だ」

「俺、です」

「嘘がヘタだ」

「いや、本当だ。っていうか、マスターなんて、岩下が持って帰ったに、決まってんだろ……っ。……持って、帰りました。ほ、本当だから」

「仕置き部屋に入っても、同じことが言えるんだろうな」

「マジか……。この年齢《トシ》で、あそこは勘弁してくれ。……ください。……なんだよ、岩下の奥さんが絡むと人が変わるのか。それってさ」

軽い口調で顔を上げた北見がハッと息を呑む。地雷を踏んだと気づいた表情になってあとずさる。

「音声だけなら……」

「北見ぃ。嘘はよくないだろ。ないって言った。そうじゃなかったか」

「すみません、ごめんなさい。前半の音声だけは別マイクだったんだ。それは残ってる……」

視線をせわしなく泳がせた北見を見据えたまま、岡村はふらりと立ちあがる。そこへ、仲が顔を見せた。

「あぁ、岡村さん。身体はもう……。支配人？」

対峙《たいじ》するふたりを交互に見て、声には出さずに「わぉ」と口を動かす。若いだけに察しのいい男は、そのまま、そろりと身を引いた。

またふたりきりになると、岡村の携帯電話がデスクの上で震えた。ナンバーは、組屋敷の離れだ。

佐和紀だとすぐにわかる。睨んだまま出ると、

「岩下の舎弟、こわっ……」

北見はわざとらしく、全身をぶるぶると震わせた。

電話の向こうの佐和紀は、岡村の病みあがりな身体を気遣う言葉をかけてくる。そして、セックスのときの媚態《びたい》なんて微塵《みじん》も感じさせない普段の声で、出かけたいから付き合ってくれ、と言った。

約束の時間になって地下駐車場へ下りると、三井の運転する車が迎えに来ていた。助手席に乗ろうとしたが、佐和紀に手招きされて後部座席のドアを開く。

車はすぐに動き出した。

軽やかな質感の着流しに羽織を着た佐和紀を見ても、すぐには映像と結びつかない。涼やかな容姿はいつもと変わらず清廉で、かけた眼鏡も潔癖に拍車をかけて色事を感じさせないからだ。

「うん。元気そうだな」

顔を覗き込まれ、

「おかげさまで」

と、視線をそらしつつ、会釈を返した。

ついさっき見たばかりの短い映像を、まったく思い出さないわけじゃない。ちらちらと脳裏をかすめるたび、他人の空似だと無視して遠くへ押しやる。

できる限り考えないようにしたが、やはり難しい。完璧《かんぺき》には忘れられなかった。

監視カメラの映像は荒かったが、それでもあれほどはっきりとしたシーンを見たのは初めてだ。

結婚当初は屋敷の母屋や庭でも、ところかまわず卑猥ないたずらを仕掛けられていたが、岩下は絶妙に佐和紀の姿を隠していた。声は聞こえても、どんなことをしているのかは想像でしかない。

でも、あの映像は違った。声も同じだ。

人に聞かれまいと抑えたものではなく、出したくてたまらず、出さずにはいられない類《たぐい》の嬌声だった。我を忘れて欲しがる声は、めったに聞けない。

「どこへ向かってるんですか」

窓の外を眺めながら聞くと、佐和紀ははっきりしない答えを返してくる。はぐらかしているのだ。

車は郊外へと向かっている。流れていく街並みが知っている景色になり、疑いを抱いた。その幹線道路は育った町へと続く道だ。

やがて想像通りの経路をたどり始め、行く先も想像できた。

まさかと思ったが、予想ははずれない。病院前のロータリーで車が停《と》まる。

「降りて」

と、佐和紀が言った。

「どういうことですか」

腕を摑まれ、とっさに振りほどいた。運転席の三井がため息をつく。

「姐さん。ちゃんと説明しないと……」

「するよ……。おまえの母親から頼まれたんだ。父親がここに入院してるだろ。ついていってやるから、会え、って」

ぐいぐいと引っ張られ、佐和紀には抵抗ができずに外へ出た。

「頼まれたって、どういうことですか」

「組屋敷に来たんだよ」

佐和紀の一言でこめかみが引きつる。尖《とが》った痛みがズキリと走った。

「おまえ、住んでるところも教えてないのか」

「……必要のないことですから」

「電話に出ないって心配してたぞ」

「堂々巡りになるからですよ。母親との言い争いに時間を割きたくありません」

それよりも、電話越しに泣かれるのが嫌だった。

電話を切っても、後味の悪さが尾を引く。

「行こう」

佐和紀が手を差し出した。そうすれば、岡村が素直に従うと思っている。

それは事実だ。でも、今日に限っては手を取れない。

「シン、行くぞ」

手首を掴まれ、あとずさった。三井も車から降りてくる。

どちらの味方につくのがいいのか。悩む素振りで、岡村と佐和紀を見比べている。

「こんなこと、勝手に頼まれないでください」

手を振りほどくこともできずに、岡村は目を伏せた。

「病状が悪いのは本当だ。ちゃんと調べた。意識のあるうちに会った方がいい」

「そう、アニキが言ったんですか」

「周平は関係ないだろう。おまえの母親が望んでることだ。……周平が言えば、行くのか」

「行きませんよ。いまさら、こんなことで人の指図は受けません」

「そういうことじゃないだろ！」

佐和紀が声を荒らげる。血気盛んな目で睨まれ、岡村は一歩踏み出した。

「そういうことなんですよ！」

我慢ができずに怒鳴り返す。視界の端に映る三井はあっけに取られ、口をポカンと開けたままだ。

「こんな騙すようなやり方！」

岡村はなおも叫んだ。摑んでいた手を離した佐和紀も負けじと怒鳴る。

「言ったって聞かないだろ！　理屈ばっかり並べてさぁ！　逃げるばっかりだ！」

「逃げてなんていません！」

「あああ、シンさぁん……」

三井が止めに入ったが、佐和紀に首根っこを摑まれて引き剝《は》がされる。裏拳が飛んだのを、とっさにしゃがんで避けたのはよかったが、間髪入れずに肩を蹴《け》られて転がった。

「こんなところで暴力沙汰《ざた》は迷惑ですよ」

冷たい声で諭すと、思い通りにいかずに憤っている佐和紀がくちびるを歪めた。

「後悔するのは、おまえなんだ」

「どうしてですか。熱を出したから？　風邪ですよ、俺は。アニキみたいに、気を病んで知恵熱を出すような……」

言い終わる前に平手打ちが飛んできた。拳《こぶし》じゃないのが温情だが、本気で叩かれて鈍い音がする。

「おまえの気持ちなんか、どうでもいい。母親の気持ちを考えてやれよ」

「言われたくない。なにも知らないくせに……」

ありきたりな売り言葉に、言った先から苦々しくなる。

知ってくれと言ったこともない。教えてくれと言われたこともない。そんな関係じゃないことは自明だ。なのに、佐和紀は当然の顔をして踏み込んでくる。

「俺の気持ちにあぐらをかいて、なにをしても許されると、そんなふうに思わないでくれませんか」

佐和紀の衿《えり》に伸ばした手を、払いのけられる。

「おまえのことを、俺が決めたらいけないのか」

睨み据えてくる佐和紀の言葉に、コンクリートの上に座り込んだ三井が肩を落とす。成り行きを見守る目が苦々しく見上げてきたが、岡村は突き放すように視線をそらした。

知世を愛人にしろと勧めてきた佐和紀の言葉を思い出し、胸の奥がドス黒く淀《よど》む。嫌な気分を通り越して、ムカつきは吐き気を催すほどになる。

佐和紀ならわかってくれると思う気持ちが途切れ、あれほど心に誓った忠誠さえもが摑みどころを失っていく。

「失望しました」

脳裏に浮かんだ言葉を、確かめてなぞるように口にする。音になったと気づいた瞬間には、三井がすがりついてきていた。

岡村の一言を止め損ねた顔が歪み、勢いよく立ちあがる。

「ちゃんと話せばさ、わかるからさ。シンさんだって、わかってるだろ。姐さんがさ……」

言い淀んで、そのまま唸《うな》り声をあげた。

岡村が首を振ったからだ。三井の仲裁を拒み、手のひらで口をふさいで下がらせる。

言ってしまったことに後悔はなかった。それぐらい、佐和紀のしたことに対する不満は強い。

「失望って、なに？」

佐和紀の目に怒りが浮かぶ。

「がっかりしたって意味です」

「そんなの、わかってる！」

「じゃあ、よかった。通じる言葉があって」

いつもなら絶対に言わない嘲《あざけ》りを口にする。佐和紀の顔つきがいっそう厳しくなった。

「シン。てめぇ……」

「俺、あんたの舎弟じゃないでしょ」

首を傾げて、きれいな人の瞳《ひとみ》を覗き込む。眼鏡のレンズ越しに、涼やかな目元は切れるほどに鋭い。

胸に痛いと感じながら、岡村は、岩下に抱かれていた佐和紀を思い出した。

岩下にはなにもかもを許すのに、自分はキスさえままならない。好きだと言っても、その気持ちを知ってると言われても、それはなにの意味もない。

ただ聞き流されているだけだ。

わかってくれと訴えても、佐和紀は理解しないだろう。佐和紀の胸には初めから岩下がいる。それは、ふたりが出会う前からだ。

名前も知らない相手のために、心にはぽっかりと穴が空いていたはずだ。寂しさに駆られて埋めることもしなかった佐和紀は強い。

比べれば、自分の弱さは明白だと岡村は思った。

周りに流され、負け続け、奪われることに疲れ果て、ヤクザになるしかないとあきらめた。自らの存在意義を問うことも、とっくに捨てたはずだった。

なのに結局、佐和紀に認められたくて欲望を抱いている。

岩下に拾われ、匿《かくま》われ、育てられても、根本はなにも変わっていない。アニキ分の真似《まね》事《ごと》をして、なんとか一人前を装っているだけだ。

「シン、逃げるな」

背中に突き刺さる声は無視した。大股《おおまた》にその場を離れ、ロータリーのタクシー乗り場へ向かう。駆け寄った三井が、自動で開いたドアを摑んだ。

「戻って！」

「どうして」

「おかしいからだよ！　シンさんらしくないからだよ！」

「なんだよ、俺らしいって。あの人といて、そんなふうでいられるわけない。……タモツを見て、わかってんだろ？」

ぐっと押し黙った三井を押しのけ、タクシーへ乗り込む。ドアを閉めた。

振り向いている佐和紀に気づき、岡村は視線をそらした。走り出したタクシーは、ロータリーをぐるりと回って敷地の外へ向かう。

それなのに、岡村の気持ちはいつまでも、閉塞したロータリーを回り続ける。引き戻して謝るべきだとわかっているのに、それをしたいと思う自分のことさえ腹立たしい。

たまらずに目を伏せて、オーダーメイドのスーツを指先でなぞる。

外見ばかりを取り繕っても、岩下のようにはなれない。わかりきった真実にあきらめを覚える。見かけに騙されて人が寄ってきても、佐和紀の心を動かせるほどの魅力があるわけでもない。

それでもいいからそばにいたいと、まだ考えてしまう自分を虚《むな》しく感じる。

心は堂々巡りを繰り返し、すでに出ている答えをいじくり回して改変してしまう。

逃げ出す覚悟を決めた石垣をうらやましく思い、岡村は、こぼれ落ちたため息を遠い他人事に感じた。

＊＊＊

佐和紀と会わないままで一週間が過ぎた。

仕事をしていれば、それぐらいは簡単なことだ。

ケバ立つ心を慰めようと、星花に会う約束を取りつけたが、寸前でのキャンセルを繰り返している。欲情を感じても、晴らすことにまで心が動かない。結局は、疲れるまで仕事をするだけだ。忙しくしていれば、頭のチャンネルは仕事モードのままでいられる。

「聞いてる?」

隣に座った三井が恨めしそうな声で言い、まるでお通夜だとふざけた。

組事務所のフロアの隅に置かれたデスクで岡村がしているのは、下っ端がやることになっているデータ入力だ。

本人には金を握らせ、なかば脅すようにして奪い取った。

「そろそろ、仲直りした方が、いいんじゃない?」

毎日のように電話をかけてきた三井は、今日も同じことを言う。一週間経って、そろそろ本格的にこじれてきたと思っているのだ。

「周りが気づくとさ、アニキもさ……」

「まだ気づかれてないなら、どうでもいいことだろ」

佐和紀のメンタルに乱れが出れば、岩下は必ず察知する。そうでないなら、岡村とのやりとりもたいしたことじゃなかったのだ。岡村のそっけない態度に、

「そういうこと言うなよ〜、ね〜……。シンさん。親のことだけが原因じゃないんだろ」

アニキが気づいてないわけないじゃん、とぼやく。岩下はもう知っているのだ。三井はわかっていて、危機感を煽《あお》ったのだろう。岡村がたじろぐことはなかった。

横恋慕を知られたときから、岩下の叱責《しっせき》なんて恐れていない。

「もう、本当に限界?」

三井が弱りきった声で聞いてくる。岩下が口出ししない理由もそこにあるのかと暗に問われ、お門違いの質問だと岡村は思う。

そんなことは当の本人に聞いて欲しい。

しかし、三井の心配が岩下の思惑だけでないこともわかっていた。

「おまえは、タモツが気づくのが面倒なんだろう」

図星をついてやると、ぐっと押し黙る。

デスクの端に突っ伏して、視線だけを向けてきた。

「わかってるならさ、あとしばらくは我慢して欲しかったな……」

「悪かったな。……気にすることでもないだろう」

「俺に謝るなよぉ。姐さんに謝って欲しいんだから」

答える代りに無視すると、三井はますますくちびるを尖らせた。

「タモッちゃんは、シンさんが姐さんの防波堤になるんだって、言ってるじゃん？　そんなことはさ、気にしなくていいよ。……あいつのそばにいるのは楽じゃないって、俺だって思うから。だいたい、やることがヒデェからな」

三井はため息をつき、肩にかかる長い髪をかきあげた。

「たぶん、タモッちゃんが抜けたら、バランスが崩れると思うんだよね。俺たち、三人だからよかったじゃん。……バランスを取ってごまかしてくれてたタモッちゃんがいなくなったら、あいつは、シンさんに全部求めるよね」

三井は遠くを見た。バカなくせに、人の心にだけは聡《さと》い。

そのせいで、作らなくてもいい傷を背負ってきたと、岡村も知っている。

「アニキに求められないものをさ、全部……」

自分で言いながら顔を歪め、

「服従とか、命とか……そういうの欲しがるんだよな。周りが思う以上に、欲が深いから」

「知ったようなことを言うんだな」

意地悪く笑いかけたが、三井は気にせずにうなずいた。

「俺だって、兄貴のそばで世間見てきたんだよ？　ここんとこのあいつ見てるとつくづく思う。昔のアニキに似てるんだよ。同じってことじゃなくて。ぐんぐん上がろうとするときの感じ。あれに似てる。……シンさんもあるよ」

三井はキュッとくちびるを引き結んだ。昔と変わらない子どもっぽい仕草に、岡村は懐かしくなって手を伸ばした。

ぺちぺちと頬を叩く。

「……おまえとタモツが嫌いなヤツだな」

三井も石垣も、あからさまな強欲には引くタイプだ。

人を蹴落としてのしあがるような行動も好きじゃない。

しかし、岩下は平気だ。人間に優劣のレッテルを貼《は》り、そのときどきで対応を変え、平気で相手を蹴り落とす。鬼畜で人でなしのやり方に、石垣が反発したこともあった。三井に至っては耐えきれず逃げ出したぐらいだ。

それでも結局は、世の中の汚い部分をザルでさらうようにして金を作った男に従っている。理由は簡単だ。

岩下はすべてに責任を負い、傷ついた分を必ず取り戻してくれた。

三井も同じように過去を思い出したのだろう。

懐かしそうに目を細め、軽く肩をすくめる。

「だからさ、タモッちゃんは逃げるんだよな。しばらくいない方がいいんだ。変なとこで細かいから、幻滅した自分に幻滅するじゃん。インテリなんてさ、めんどくさいよな」

そう言いながらも、三井は笑顔で送り出すのだ。そして泣きながら、絶対に帰ってこいと繰り返すに決まっている。

「俺は佐和紀にさ、上に行って欲しいと思ってる」

岡村が振り向くと、三井は真面目《まじめ》な顔でうなずいた。

「いまさら、岡崎さんの直下になんか、俺は行けないよ。……あそこの人たち嫌いだし。もしもさ、シンさんが本当に限界でイヤだって言うんだったら、やめてもいいよ。世話係。

……アニキと相談して、なんとかするし」

「今日は、それを言いに来たのか」

うなずきたくないのだろう。じっとりとした視線を向けられる。言ってはみたものの、まだ覚悟を決めたわけじゃないのだ。

そのとき、事務所のフロアが急に活気づいた。幹部が来たのかと、三井が腰を浮かせる。岡村も立ちあがった。

しかし、フロアに現れたのは幹部じゃない。さらりと粋な着流し姿の佐和紀だ。構成員たちから威勢のいい挨拶《あいさつ》を投げられ、軽く手を挙げて応《こた》えている。

「どこの幹部だよ、ったく……」

笑った三井が、岡村を振り向いた。

「シンさんもさ、すっかりカッコよくなっちゃってさ……。なんか、ズルいよ。佐和紀にもケンカ吹っかけて……。俺まで惚れちゃいそうだった」

ふざける舎弟仲間に向かって、岡村はほんの少し肩をすくめた。

「人は変わるんだよ、タカシ」

口先だけの言葉だ。なにも変わらないことを、岡村は自覚している。それを知らない三井はべっと舌を出した。

「俺は、変わらないものを、信じてる」

あっけらかんと言って、佐和紀を呼び寄せる。三井を見つけた佐和紀の視線が岡村へと動き、

「シン、話がある」

まっすぐに見つめられた。うなずきを返す。

これが最後になるかもしれないと思い、心のどこかがきしんだ。

組事務所の下の階には、倉庫代わりに使っている部屋がいくつかある。

寝泊まりするために使ったり、人を閉じ込めたり、本当に書類を保管していたり、用途はさまざまだ。

そのうちの一室に入ると、佐和紀は壁際に置かれた長テーブルに腰を預けた。人を呼び出しておきながら、自分から切り出す気はないらしい。

手持ち無沙汰に片足を伸ばし、素足に引っかけた雪駄《せった》を揺らす。

岡村はドアを閉めた。無意識に内鍵《うちかぎ》をかけたことに、部屋の真ん中へ進み出てから気づく。戻ろうとしたところで、佐和紀が口を開いた。

「話して。……父親のこと。……なにも知らないって言っただろ。だから」

拗《す》ねたような口ぶりで、また雪駄を揺らす。

「そんな事情聴取みたいな聞き方されても……」

ふっと息を漏らして笑うと、不機嫌な視線が投げかけられる。気に留めずにそっぽを向いた。

倉庫部屋の奥にはさらに扉があったが、そこは貴重品置き場だ。経理担当が鍵を持っている。おいそれと見られては困るものも保管されている場所だ。

「わざわざ話したいことはないよ」

敬語を使わずに答える。ちらりと戻した視線の先で、佐和紀はうつむいていた。自分の雪駄を眺め、眼鏡の向こう側でぼんやりとまばたきをする。

アンニュイさが翳《かげ》りになり、岡村の胸の奥が締めつけられていく。

「おまえの母親、泣いてたよ」

ぼそりと言われ、

「すぐ泣くんだよ。涙腺なんかとっくにぶっ壊れてる」

そっけなく答えた。いつの話なのかは興味もない。

組屋敷まで来たときかもしれないし、あのあと、佐和紀が病室へ訪ねていったのかもしれない。どちらにしても、母親の涙はたやすく想像できる。

「……俺、謝ってもらいに来たんだけど」

佐和紀の足から雪駄が落ちた。

「おまえが、詫《わ》びを入れに来ないから。来てやったんだよ」

わざわざと言いたげな口調だ。

唖然《あぜん》としてしまった岡村は、ゆっくりと顔を歪めた。湧き起こる嫌悪感が爆発しないように、注意深く佐和紀を眺める。

「あんたって人は……」

口にした言葉に意味はなかった。自分がなにを伝えたいのかもわからない。

眼鏡を押しあげた佐和紀が、床へ落ちた雪駄に足指を入れる。

「謝るのか、謝らないのか……」

見つめてくる瞳に射抜かれた。鋭くきらめく刃物のような視線だ。ヒヤッとした直後には、燃えるような欲情を覚えた。

「……謝る必要なんて。どうして俺が。いや、謝ってもいい」

言い直して、拳を固めた。

「世話係を辞めることについてなら、謝ります」

目の前の佐和紀が言葉を失くす。戸惑う視線が、岡村の本心を探ろうと揺らめいたが、岡村は感情を隠し、冷笑を浮かべた。

「任された仕事が忙しくて、あんたの面倒を見る時間がない。そもそも、タカシがいれば問題ないんだ。組の連中にも顔は売れてきたんだし……」

「わかった」

岡村の言葉を遮り、力強く言った佐和紀が息を吸い込む。

そこから先は無言だ。ふたりの間に沈黙が流れる。

お互いが相手の出方を待っているだけの時間だった。

「おまえが辞めたいって言うなら、止められないだろ」

焦《じ》れて口を開いた佐和紀は、着物の衿を何度も指でなぞり、静かにため息をつく。

「そもそも、俺が決めたわけじゃない」

そう言った先から、自分の言葉を拒み、首を左右に振る。

「なにが不満なんだ。おまえの育ちを知らないことが、そんなに悪いのか。おまえだって、俺のことを知らないだろう」

「教えてくれって言えば、教えてくれるんですか。なにもかも。どんな秘密でも」

一歩を踏み出し、もう一歩を続ける。近づく岡村を見る佐和紀の顔がわずかに怯《おび》えた。

「過去を知ってるかどうかじゃないだろう。俺は、いまのおまえのことを……」

「なにも知らない」

はっきり言った岡村は、互いの手が届く範囲に入る。摑んで引き寄せることもできるが、殴られたら致命傷の近さでもある。

それをこわいとは思わない。いまさら殴られることのなにがこわいのか。

終わることを選んでしまえば、なにもこわくない。

「俺がどんな気持ちで人妻を抱いたか。星花を抱いているか。考えたことがあるのか」

佐和紀の帯をむんずと摑む。とっさに振り払われたが、想定内のことだ。すぐに着物の合わせを握る。

力任せに引き寄せると、頰を張りつけられた。

受け流さなかった分、ビリビリと痺《しび》れが響く。不思議と痛みは感じなかった。高揚感だけがひどさを増し、そのまま佐和紀を引きずり倒した。着物が乱れて揉み合いになる。

足で思いきり肋骨《ろっこつ》を蹴られ、咳き込みながらも腰を押さえつけた。

離せば、二度とマウントは取れない。わかっているから必死になった。

責めるような目で見られたが気にせず、帯に手をかける。佐和紀が身をよじらせた。素直に横たわる相手じゃないことはわかっているから、岡村も手加減せず、膝で胸の上を圧迫する。

顔を歪めた佐和紀を見下ろし、首を押さえた。

「やめっ……」

本気で抵抗する気のない佐和紀の瞳に、怒りの感情が生まれ、冷たい殺気が宿る。やめろというのは組み敷くことだけじゃない。このまま続ければ、自分のリミッターがはずれることを、佐和紀自身が恐れているからだ。

完膚なきまでに叩きのめされることを想像すると、それにさえ腰がざわめき、岡村は佐和紀の気管を指で圧迫しながら顔を近づけた。

「あんたが、ＳＭ部屋でなにをされたか。俺は見たよ。毎日、何回繋がってるんですか。あの人の絶倫に付き合って、あんな声を出して」

わなわなと震えるきれいな顔から眼鏡を奪い、投げ捨てるように床へ滑らせた。佐和紀が肩で息をする。

「ふ、ふうふが……」

「いいよ。夫婦だ。セックスして当然だ。だから聞いてるんだろ？　何回入れられて、何回イくの？　俺にも、あんたのことを知る権利があるだろ。答えてよ」

土足で踏み込んだのは佐和紀だ。

一番触れられたくないところを、こじ開けたのは佐和紀だ。

考えるほどに、岡村の胸の奥は熱く爛《ただ》れる。

「カーセックスもそうだ。あれほど嫌がってたくせに、いまじゃ、自分から行くんだろう。狭い場所が興奮するなんて完全に淫乱なんだよ。アニキに焦らされて泣いてる声で、何回シコったか」

「おまえ、聞い、て……っ」

喉元の手を引き剝がした佐和紀に平手打ちにされる。

まだその程度にしか抵抗しないのかと思いながら、岡村はせせら笑いを返した。

「聞くに決まってるだろ。盗聴器ぐらい、いくらだって仕掛けられる」

「趣味の悪い……」

「どっちが……。いつも平気な顔して、俺を試して……悪趣味なのはあんただ」

「試してなんか」

「じゃあ、無意識に男を誘ってるんだろ。こおろぎ組での援助交際の癖が抜けないんじゃ、アバズレもいいところだ。アニキ以外の男が欲しいなら、口で言うまでもない。ちょっと足を広げてくれたら、俺は喜んで潜り込むよ」

上半身を起こした佐和紀が、後ろ手に退《さ》がる。ある程度は逃がし、膝を掴んだ。乱れた着物はもうめちゃくちゃになっている。その裾《すそ》を握りしめて引き寄せる。

「離、せよ……。裏切るな……」

佐和紀はいつでも、この表情と言葉で逃げてきたのだ。

きれいな顔立ちの懇願は、男心の柔らかい場所を刺激する。自分だけがこの男の望みを叶《かな》えられると思うことに、不思議なほど自尊心がくすぐられるのだ。

「この一年、俺は幸せでしたよ。からかわれるとき、あんたは俺のことだけを見てくれる。俺を頼って、俺を信じて、油断してくれる」

「なにが、足りないんだ」

顔を歪めた佐和紀は、また少しあとずさる。

「愛情、じゃないですか？」

「そんなの」

「ないのはわかってる。でも、欲しい。……好きだから」

「それ以上、触るな」

「確かめさせてよ。あんたのあそこが、誰の形になってるか」

「エグい……」

「アニキの方が何倍もエグいだろ。そんな男に抱かれてるくせに」

身体で膝を割る。乱れた着物ごと腰を引きずり寄せた。嫌がる腕に押し返されたが、かまわずに足の間へ入る。

「挿《い》れなければいいんだろ。いいよ。このままで。俺があんたでイクところを見てもらえれば」

「頭、おかしいだろ！」

「そうなるようにしたのは、あんたなんだよ！　黙ってズリネタにされてろ」

「シン。俺は謝らないからな。父親には会うべきなんだ」

「勝手に決めるな」

「シンッ！」

ファスナーをおろす手を、佐和紀が握った。岡村は苛立《いらだ》った目で睨み返す。

「俺がいまさら、あんたやアニキに殺されることを、こわがるとでも思ってんのか。ないよ、そんなものは。……ないんだ」

自分の股間《こかん》を見つめた佐和紀のことを思い出す。記憶を失い、まるでうぶな目をして、臨戦態勢の男を物珍しげに眺めていた。

そんな佐和紀に欲情しなかったのは、佐和紀らしさを失っていると思ったからだ。

それでも、思い出せば欲情する。記憶をなくした佐和紀とは違い、記憶の中の佐和紀はいつだって、岡村が愛している佐和紀だ。

「もうやめろよ。こんなことして……。終わった話だろ」

一年前。岩下と揉めた佐和紀の気落ちにつけ込み、広島へ連れ出した。

ふたりきりの宿で、こらえきれずに関係を迫ったときの話だ。

岡村が本当に迫るとは思っていなかった佐和紀は涙をこぼした。その純情さに負けて、なにもできなかったのだ。

思い出した岡村は短く息を吐いた。

「一年も前の話だ。俺の気持ちをもてあそんだこと、少しは自覚してよ」

「……いいだろ、別に」

眉《まゆ》を吊《つ》りあげた佐和紀がくちびるを引き結ぶ。

「わかってて、やったんだよ」

きつく睨まれて目眩《めまい》がする。

「無自覚じゃなかったのか」

「……うるせぇ」

唸り声をあげた佐和紀の目が、キリキリと鋭くなっていく。戸惑いが消えていき、本物の怒りが湧き起こるのを、岡村はただ見つめているしかできない。

「うるせぇんだよ！　ガタガタ、細かいことを言いやがって」

身体を起こした佐和紀の手が、岡村のジャケットの襟を掴んだ。

両足を開いたまま、下半身を密着させるようにしてしがみついてくる。

思わず、背中に腕を回して支えると、片手に襟足を掴まれた。

どう見てもラブシーンだ。佐和紀の凶暴な表情以外は。

「勃《た》てるなよ、変態」

「ヤリたくてたまらないんだから、勃つに決まってる」

「だから、知世と付き合えばいいって言っただろ」

「あんたがいいって言ってんだよ！」

「俺は嫌に決まってんだろ！　ふざけんな！　……ちょっと独り立ちできたからって、調子に乗ってんじゃねぇぞ！　おまえが周平を越えたって、俺は、足なんか開かない」

「だから、力ずくでやる」

「ぶっ殺すぞ」

「殴り殺してください。どうせ、俺なんて、その程度だ」

言い終わる前に、額に激痛が走った。鈍い音が響き、くらっとした瞬間、頬にも衝撃がぶち当たる。

鈍器で殴られたかと思うほど重いパンチを繰り出した佐和紀は、機敏な動きで体勢を整える。崩れ落ちた岡村の襟を掴み、間髪入れずに腕を振るった。

なにかを考えるような余裕はない。

人を殺せる拳だと恐ろしさを感じたときには、自分の頭部を守っていた。容赦なく踏みつけられる。

「どうせとか、その程度とか……、今度、口にしてみろ。これぐらいじゃ、済ませねぇからな！」

怒鳴り散らした佐和紀が着物の乱れを手早く直した。それでも、衿元はみっともなく崩れたままだ。誰が見ても、揉み合ったとわかる。

激しく息を乱した佐和紀は雪駄を拾ってドアを開けた。でもすぐには出ていかなかった。

よろよろと身を起こす岡村の頭に雪駄が飛んできて跳ね返る。乾いた音を立てて床に落ちた。

胸の奥深くに沈んだ記憶が甦《よみがえ》り、とっさに摑んで投げ返す。

父親も雪駄や下駄を好んでいた。カッとなると、それで殴られた。だから、下駄のときは絶対に逆らわない。当たりどころが悪いと、血がたくさん出るからだ。

佐和紀が出ていき、ドアが大きな音を立てて閉まる。

ひとり残された岡村はくちびるを拳で拭《ぬぐ》った。血がべったりとつく。口の中も切れているし、奥歯がぐらぐらと揺れて痛む。

「勝手なんだよ……」

ひとり言を口にすると、胸の奥が痛んだ。

知世と付き合うなんて冗談じゃない。誰かを代わりにするなんて、できない。

佐和紀はこの世界にひとりだ。隠している心の傷を無遠慮に荒らされても、気持ちが変わることはない。

だから、苦しさばかりが募る。

もっときつく、もっと悲惨なぐらいに束縛されたい。他の誰のことも見るなと、佐和紀の口から言って欲しかった。そうしたなら、どんなことをされても受け入れる。父親に対してだって、好意のあるふりをしてみせる。

だけど、そんなことは叶わない願いだ。

踏切の警報が、頭の中にこだまする。

これで終わりだと思った。

いつも、同じ過ちを繰り返す。幼い日のように待っていることが、いまの岡村にはできないのだ。

向こう側へ行ってはいけない。ここで待っていればいい。

電車が行き過ぎれば、戻ってきて、褒めてもらえる。

わかっているのに、そう教えられているのに、言うことを聞けずに渡ってしまう。

遮断機をくぐり抜け、電車が来るのもかまわず、答えを追いかけていく。振り向いたときにはもう、取り返しがつかなかった。

いまさら、向こう側には戻れない。

ヤクザになることを選んだときから、それはわかっていた。

あれほど嫌った父親と同じ道を歩いている。乗り越えたいわけじゃない。成功したいとか金持ちになりたいとか、世間を見返したいとさえ思ったことはない。

ただ、同じ道を歩いても、自分は違うのだと思いたかった。なのに、『自分』を忘れてしまった。どうして『違うこと』を証明しなければいけなかったのか。

いまとなっては思い出せない。

口に溜まった血を、ハンカチの上に吐き出す。

壁にもたれていると、ドアが静かに開いた。

顔を覗かせた知世が、するりと中へ入ってくる。迷うことなくボートネックのカットソーを脱ぎ、上半身裸のままで岡村のそばへ膝をついた。服で口元を拭われる。

「あの人は」

「三井さんが……」

誰にも見られずに帰ったのだろう。あの姿を見られたら、どんな噂《うわさ》になるか、わかったものじゃない。

「こんなに殴らなくても……」

自覚しているよりも酷《ひど》いらしく、知世の声が震える。

「知ったようなことを言うな」

冷たく言い放ち、両手を伸ばす。細い首筋に両手を添わせた。

小さく喘ぐように継いだ息が、佐和紀の情事を思い出させる。

なにもかもを台無しにしたと気づく。笑いがこみあげてきた。

裏切って、失望させて。これでやっと離れられる。

もう試されることもなければ、ささやかな息遣いや視線の揺らぎに惑うこともない。

うつむいて肩を揺らす岡村を心配し、知世が身をかがめた。

「岡村さん……。どこか、痛みますか」

顔を見せたくなくて、抱き寄せる。

「俺についてくるか」

低い声で誘いをかけると、腕の中に閉じ込めた肩が小刻みに震えた。

構成員たちの目を逃れて車へ乗り込み、後部座席に寝転んだ岡村は携帯電話を取り出す。三井から着信とメールがあったが、どちらも無視した。責められるのも面倒だし、仲を取り持たれるのも億劫《おっくう》だ。

知世に声をかけて裏路地で車を停めさせる。電話をかけた。

ベイサイドにある、高級ホテルの予約デスクだ。高層階の広い部屋を押さえ、行き先を知世に告げる。カーナビで目的地を設定すれば、あとは指示に従って走らせるだけだ。

全身を緊張させた知世は、行先の意味も理由《わけ》も聞かない。岡村の言う通りに、従っている。無駄口のなさが美徳だと気づき、そうならざるをえなかった知世の生まれ育ちに初めて想像を向けた。

顔がきれいなだけで頭の足りない兄を守り続けてきたのだ。ただ蹴散らし、報復をすればいいというものではなかっただろう。『白蛇』というあだ名までつけられ、好きな相手とはセックスしたことがないと言った。愛人にしてくれと勢いよく迫ってきたくせに、自分の身の上話を語るような性格でもない。

考えながら、岡村は携帯電話をいじり、メールを送った。

相手からの返事はホテルに着く前に届く。地下の駐車場に車を停めて、知世にルームキーを取りに行かせる。

それから高層階直通のエレベーターに乗った。無言で部屋へ入ると、知世が立ちすくむ。広い部屋に置かれているのは、キングサイズのベッドだ。趣味のいいソファとテーブルもある。

「シャワーを浴びてくるから、適当にしてろ」

ゆるめていたネクタイをはずし、知世に渡す。そのままジャケットも脱ぎ、ベルトに手をかける。

知世はその場にしゃがみ、岡村の靴紐《くつひも》をほどいた。

靴を脱がされ、スラックスから足を抜いた岡村は、ワイシャツのボタンをはずしながらバスルームへ向かった。バスタブとは別にシャワーブースがある。

バスルームの前にワイシャツを投げて、ブースへ入る。

顔のあちこちが痛み、目元にも切り傷がある。痛みをこらえながら熱い湯を浴びても気持ちは晴れず、そんなことは期待していないと開き直った。

蹴られた脇腹《わきばら》がしくしくと痛み、打撲の気配に眉をひそめた。本気だったのは蹴りだけじゃない。佐和紀が振るった拳の重さを思い出すと、笑いが込みあげた。肩を揺らして笑いながら、髪をかきあげてシャワーを止める。

バスローブを羽織り、腰紐を結んでバスタオルで髪を拭う。外へ出ると、スーツをクローゼットにかけた知世がベッドの端に座っていた。緊張した面持ちと所在なさげな肩が、出会う前の佐和紀を想像させる。こんなふうだっただろうかと考えたが、うまく重ならない。

「おまえも浴びたら？」

声をかけると、知世は驚いたように飛びあがった。

これからすることを確認したくてたまらないのが、顔に出ている。尋ねるのは野暮だと思って黙っているのだろう。

そのつもりはないと言うのも面倒で、岡村はあごをしゃくってバスルームへ追いやった。

ミニバーから缶ビールを取り出して、窓辺に寄る。

昼下がりの空は、鈍い雲に覆われていた。海の向こうには陽がこぼれ落ち、天使の梯子《はしご》が降りている。

「遠いな」

そのたもとまで行けたとしても、昇ることはできない。ひとり言を口にしただけで気鬱《きうつ》が増し、なにも考えずに、ただぼんやりと景色を見る。

半分ほど飲んだビールの缶を揺らしていると、チャイムが鳴り、岡村は応対へ出た。覗き穴から外を確認してドアを開ける。

「ニーハオ」

退廃的な微笑みを浮かべた星花が手のひらを見せる。その後ろに控える双子は、礼儀正しく律儀な会釈をした。

「星花だけにしてくれるか」

声をかけると、ふたりは素直に退く。星花は、ひとりで部屋に入ってきた。長い髪をまとめあげ、胸に飾りボタンのついたチャイナカラーの上着とワイドパンツを穿《は》いている。はっきりとした赤と黒のコントラストが、いかにも中華風だ。

ドアが閉まると、手が首筋に絡んでくる。

くちびるが押し当てられ、腰に手を回した。

「誰がいるの？」

シャワーの音に気づいた星花は意地の悪い顔で微笑んだ。

「知世だ」

「噂の……。だから、放っておかれてたわけだ。若い子のどこがいいんだか」

口ぶりほどには拗ねていない顔で、部屋の奥へと入っていく。

「誰とケンカしたの。ひどい顔してる」

テーブルの上の缶ビールを手に取り、中身を確かめるように揺らした。飲まずに戻す。

「一方的に殴られたんだ」

「岩下さんが拳で殴るなんて……」

「その奥さんの方だ」

「え、ほんとに？」

驚いて目を見開く。大股に近づいてきて、顔をまじまじと眺めた。

「バカだねぇ。いまさらなにをしてるんだか」

あきれて笑いながらも、そっと肌をなぞる。押されると痛みが増す。

「飼い犬に手を嚙《か》まれて、いまごろ泣いてるんじゃないの？」

「知るか」

吐き捨てるように言うと、指先で肩を押された。

「強がっちゃって」

「……奥歯が抜けそうだ」

「揺れてるだけなら、元に戻るから。触らない方がいいよ。浮いてるだけ……。殴られ慣れないくせに、どうしたの？」

「嫌になった」

「ふぅん、そう……」

ついっと細くなった目が、岡村の肩の向こうへと動いた。

知世が風呂《ふろ》場から出てきたのだろう。微笑みを浮かべた星花は、わざと見せつけるようにしなだれかかってきた。

「どこの子？」

わざとらしく聞いてくる。

「北関東のヤクザの息子だ。金が欲しくて、俺につきまとってる」

「金が要《い》るなら、俺が稼がせてあげようか」

「……岡村さん」

からかわれた知世の声は戸惑っていた。

助けを求められているようで、振り向く気になれない。

知世を誘ったのは単なる気まぐれだ。ここまで車を回せる人間なら誰でもよかったとも言える。星花の腰を抱いて、ワイドパンツを引き下げた。

「準備はしてきたんだろう。俺が相手をしなくても、日替わりで男をくわえ込んでるくせに」

「ゆるくなったかどうか、確かめて……」

求められるままにキスをすると、目を開いたままの星花が肩越しに知世を見る。

「岡村さんのことが好きなの？」

水音を立てるくちびるが離れ、星花はかんざし一本でまとめていた髪を解く。そして、自分の上着を脱いだ。

「ダメだって言われただろ？　この男の中には、もう決まった人がいるんだ。なんだかんだと言ってもね、心の中では愛人みたいなものだよ」

「……どういう話だよ」

岡村が口を挟むと、恥じらいもなく全裸になった星花は笑った。岡村の腰に巻いてあるローブの紐をほどく。

「岡村さんと佐和紀さんは、『心の愛人』でしょ。繋がったかどうかなんて、意味がない。殴られたのだって、結局はそういうことなんだよ？」

星花は知世に向かって言ったが、眉をひそめるのは岡村だ。

「だから、どういう……」

「自覚ないの？　自分が欲しがるのと同じぐらい、欲しがってもらいたいから、殴られるようなことになったんじゃないの？」

見てきたようなことを言われ、岡村は押し黙る。見当違いだとは言えなかった。心の苦しさをときどき吐露した相手だからこそ、その言葉は重い。

「無理やり迫れば、殴られることぐらい知ってるくせに。受け入れられるより、殴られたいから無茶をするんだよ。バカだね。……でも、俺はバカな男の方が好きだな。かわいくて」

頬にチュッとキスされる。ローブの中に差し込まれた両手で、腰を引き寄せられた。

少しずつベッドが近づき、星花が背中から倒れ込もうとしていることに気づく。

「乗ってくれ。出すものを出したい」

腕を掴んで足を止めさせる。あけすけに言ってもかまわない相手だ。星花は、舌なめずりするような笑みを浮かべた。お互いの位置が逆転する。

「あそこの坊やは？　お手伝いさせる？」

「見学だ」

「いじわるだなぁ。自虐的」

ふふっと淫靡《いんび》に笑った星花は、岡村をベッドの端に座らせた。

「そんなところに立ってないで、座ってれば？」

振り向きもせずに、知世へ声をかける。岡村も視線でソファを示す。

くちびるを噛んだ知世が動くより早く、星花は膝をついた。開いた岡村の足の間に身を置き、手がやわやわと欲望を育てる。

それで佐和紀とはどうなったと聞かない男の息が、熱っぽく肌をかすめた。

岡村は乱暴な気分で長い髪を握る。

男の鬱憤《うっぷん》をぶつけられても、星花は苦にも感じない。それが乱暴で激しいほど、欲望を貪《むさぼ》れるからだ。

「んっ……」

先端をくわえさせ、ぐっと後頭部を引き寄せる。

「んんっ」

苦しげに歪む柳眉《りゅうび》の艶めかしさには興奮しない。それでも、舌がうごめき、濡れた口腔《こうこう》内でこすれ合うと快感が募る。

あっという間に大きくなっていくものを、星花は丹念に舐《な》めた。

「観客がいると燃えるよね」

そんなことを言いながら岡村を下がらせ、腰にまたがる。自分で後ろをほぐし、悦に入った吐息を漏らす。

濡れた音がするのは、すでにローションでほぐしてきているからだ。まどろっこしい前戯でありもしない愛情を感じるぐらいなら、即物的に繫がる気楽さを好む。それが星花だ。

「岡村さん。あの子に見せてどうするの……」

屹立《きつりつ》をあてがい、星花が腰をおろす。肉に包まれていく感触が、岡村を遠い気持ちにさせる。快感は即物的だ。

聞かれても答えなんてなかった。失望させたいと思ったし、叶わない恋に傷つけばいいとも思った。

「あっ……、すごっ……ぃ」

星花がゆっくりとのけぞる。腰が淫《みだ》らに揺れ、内壁が岡村をしごき立てた。

「すっごい、硬い……。変態なんだから」

「おまえに言われると、それなりには、嬉しいかもな」

浅い息をついて答えると、星花はうっとりと目を細めた。

「悪い男だ……、若い子に、こんないやらしいとこを見せて……」

「見られたいのはおまえだろ」

腰を摑んで、リズムを崩す。小刻みに突きあげると、星花は髪を乱した。

知世の座るソファは、ふたりの斜め後ろにある。星花も岡村も目に入る位置だ。

「あっ、あっ……んっ」

昂《たか》ぶりが根元まで飲み込まれ、苦しさと快感に濡れた声が部屋に満ちた。淫雑さが増し、空気が淀む。

「星花、重い」

脇腹に感じる鈍い痛みを体重のせいにして、体勢を変えるように星花を促した。その場にうずくまるようにさせて、腰を後ろから摑む。知世に向かう格好だが、こちらを見ていなかった。うつむいたまま、ぴくりとも動かない。

「ん……ぁ……ぅ」

先端を押しつけると、星花の腰がうごめく。欲しがるようによじれ、星花はみずから両方の尻肉《しりにく》を摑んだ。身体を額で支え、淫らな場所を見せつけるように広げる。

「もっ……挿れ、てっ……。お、くっ……」

恥ずかしげもなくねだった腰裏を押さえ、ぐっと体重をかけていく。太い先端がずぶっと沈み、沼地のような肉へめり込んで飲まれる。

挿入した岡村の腰もぶるっと震え、極まる欲をこらえた。

「あっ、あっ……あっ！」

ぎっちりと根元まで押し込み、ずるりと抜いてまた挿れる。星花の身体はいつもの狭さで岡村の全体を包んだ。まるで電気仕掛けのオモチャのように波を打ち、段階的にすぼまって気持ちがいい。

動き始めれば、終わりまでは止まるのも難しいほどの身体だ。

「あぁっ。いいっ……。それっ。その、突き、方ぁ……ん、んっ」

「締まってるよ、星花」

声をかけると、背をそらして息を詰まらせた。

びくびくと腰が震え、かすかにイッたのだとわかる。

「も、へんたい……っ。こんな……、あぁ、いっ……」

ベッドの上に広がる髪をかきあげ、星花は大きく息を吸い込む。その片手を後ろから引っ張り、上半身を上げさせる。

胸を支えた手で乳首をつまみ、べとべとに濡れている性器を摑みしごく。開発し尽くされた星花の身体はぎゅっと硬直した。挿入した岡村はきつさを増す肉壺《にくつぼ》を貫き、身をよじらせた星花に覆いかぶさる。開いたくちびるに舌を差し込んだ。

「んっ……はぁ、んっ」

快感で濡れた瞳に映るのは、星花が愛する過去だ。もう二度と戻らない男との時間をなぞっている。

「あぁっ……」

震えながら息を吐くくちびるが、声にならない岩下の名前を紡いだ。

「……んっ」

無意識の行動に気がつき、星花は怯えるようにぎゅっと目を閉じた。身体の奥についた火は、それぐらいで消えるものじゃない。

やり過ごせないのか、咎《とが》めるように見つめられたが、岡村にとっては冤罪《えんざい》だ。

一瞬だけ兆した絶望を心の淵《ふち》に沈めた星花は、

「バカ……」

やっぱり岡村を責めた。それから、知世に視線を向ける。

「興奮してるなら、シゴけば？　この人、見かけによらず、エロいでしょ……。んっ……やらしいんだよ。むっつりの、ドスケベ、なんだから……」

言いたい放題に言われた岡村は、星花の上半身を突き放して、倒れ込んだ首の後ろを押さえつけた。二度三度と、責め苦を与えるように大きく腰を打ちつける。

嗜虐《しぎゃく》の快楽が芽生え、そのままの目で知世を見た。

睨んだように見えたかもしれない。ローブ姿で片足を抱いている知世は、白い肌を淡いピンクに染めて泣き出しそうに顔を歪めた。黒目がちの瞳が欲情を宿し、いっそう潤んで見える。男にしておくのがもったいないような清純さだ。

「勃ってるのか」

声をかけると、目が泳ぐ。

どこかひんやりとして見えるのは、顔のつくりが繊細すぎるせいだろう。

均整が取れているからこそ、人形のような無機質さを感じさせ、なにをしてもかまわないと誤解させる。彼に金を渡して性交渉に及んだ男たちの性癖が、岡村には透けて見えた。

「見せてみろ」

星花を犯しながら、命令口調で言う。知世はローブの裾を開いた。

確かにそこは屹立している。それほど大きくはないが、大人と変わらない赤黒い肉だ。パンパンに張りつめ、知世自身よりも先に泣き出しそうに震えている。

我慢しきれないように這った指が、自身を握りしめた。

岡村は視線を伏せ、星花の顔を上げさせる。

「おまえがいやらしいから……、若いのが興奮してる」

「あんただよ……。いじ、わる……っ」

「気持ちよくさせてるだろ」

リズミカルに突きあげると、星花は満足げな嬌声を絞り出した。ベッドカバーを摑んで腰を揺する。

「あぁ、あっ、あっ……んーっ、んんっ」

「気持ちいいだろ？」

「い、いいっ……きもち、いっ……。も、いくっ、いっちゃ……っ」

星花がぶるぶると震え、濃厚な空気にあてられた知世の手もたどたどしく動き始める。

先にのぼり詰めたのは、星花だ。

「あっ、いくっ……」

声をあげながら、先端を自分の手で包み、太刀打《たちう》ちできないような腰づかいで岡村を搾る。その動きに勝てたことのない岡村も腰を震わせた。奥深くまで差し込んだものが、ドクドクと打ち震え、精を吐き出す。

「……またっ……おまえは」

腰を摑んだまま、宙を見据えて虚無の一瞬を貪った。それから、腰を引き抜く。星花の身体はひくひくと揺れ、卑猥さが胸をかき乱してくる。

「勝手に搾るなって、言ってるだろ」

赤く上気した尻たぶを引っぱたくと、星花はそれにさえ感じて声を漏らす。汗ばんだ首元に乱れた髪が貼りつき、全速力で走りきった後のように短い息を繰り返す。

「知世」

岡村が出し抜けに呼ぶと、股間を押さえた知世は首を左右に振った。茶髪がフルフルと揺れる。

「そんなふうで、よく、愛人にしてくれなんて言ったよな」

立ちあがり、ソファへ近づく。怯えたような目をした知世は、それでも視線をそらさなかった。

全裸のままで覆いかぶさるようにしてソファの背に腕をつくと、あごをそらして見あげてくる。従順そのものの仕草に、策略がいつ本気へとすり替わったのかを問いただしたくなった。

大滝組に繋ぎをつけ、兄が継ぐことになる組のため、バックアップを狙《ねら》ったことは間違いないのだ。取り入るのに都合がよくて近づいたことも、想像できる。誤算は、岡村の恋心だ。気持ちはすべて佐和紀だけに向いていて、他の人間が入り込む余地はない。

「相手を間違えたんだ、知世」

「……ちがう」

否定する声は、予想に反してしっかりとしていた。

「間違えてなんて、ない……」

ぎゅっとくちびるを引き結び、真摯《しんし》なまなざしで見あげてくる。

その気丈さと美貌《びぼう》とが、佐和紀に「付き合えば」なんて台詞《せりふ》を言わせたのだ。こういう男なら選んでもいいと、そんな軽い気持ちで考えたのだろう。

言われた相手がどう思うかなんて、佐和紀は知らない。

「来い」

腕を掴んで、ベッドまで連れていく。しどけなく横たわっていた星花が、長い髪をかきあげながら身を起こした。

卑猥な瞳が岡村を見あげ、絡んだ視線だけで理解する。

手を伸ばした星花に驚いた知世があとずさったが、岡村はかまわずに押し出した。

「……っ」

星花に摑まれ、拒もうとする知世の二の腕を、腰の裏でひとまとめにする。

「岡村さん……っ」

やめさせてくれと懇願する声を無視して、そのまま星花の舌技に任せる。

「あっ……」

丹念に舐められ、知世はまた腰を引いた。その背中を受け止め、岡村は静かに言う。

「してもらえよ。興奮して見てたんだろ？　星花と自分を重ねたのか」

「……ちがっ……やっ……」

身体を震わせた知世が大きく息を吸い込む。冷静さを保とうとしても、星花の口淫は絶妙さを極めている。知世の年頃ではひとたまりもないだろう。

「うっ……はぁ、っ、……ぅ」

声をこらえても腰は揺れた。白い肌がいっそう赤く染まり、岡村はその首筋を眺める。

息遣いはやっぱり佐和紀に似ていて、首筋のなめらかなラインにも共通するものがある。

おもむろにローブの襟を掴み、後ろへ引き下ろす。肩から滑り落ちた厚手のタオル地が肘で止まる。

「あっ……はっ……」

「イケよ、知世。我慢しても無駄だ。イクまで続けるからな」

ローブの紐を引き、腕に絡めて軽く縛る。

「あっ。あっ……」

もてあそばれる息遣いを、岡村は乱暴な気分で聞き流す。

知世は星花に搾り出されて果てた。その途中で離れた岡村はローブを羽織り、窓際へ腰かける。煙草《たばこ》をふかしながら、ふたりを眺めた。

岡村が声をかけないから、星花は攻め続ける。暗黙の了解のように、知世をベッドへ引きずり込む。

若い性がどれほど強いのかを確かめる行為に星花は没頭していた。後ろ手に拘束されたままの知世をもてあそぶようにいじり、赤くテラつく性器をいっそうなぶる。身を揉み、声を乱す知世は、意思とは裏腹に奮い立つ自分の身体に驚愕《きょうがく》しながら、強い快感に流された。後ろに指を差し込まれ、さらに快楽を強制される。

声はいつしか、しゃくりあげるような泣きに変わり、岡村は立て続けに吸っている数本目の煙草へ火をつける。

同じような光景を見たことがあると、薄らぼんやり思い出す。そのとき、自分はベッドの上にいた。つまらなそうに煙草を吸っていたのは岩下だ。

追い越そうとしても追い越せない大きな影を、佐和紀に認められることで凌駕《りょうが》できると信じていたのかもしれない。

そう思う一方で、佐和紀への気持ちは純粋なものだったと繰り返す。

振り向いてくれなくてもよかった。ただ、ひっそりと寄り添い、支えることができたなら、見返りなんていらないはずだった。

佐和紀が笑顔でいるなら、幸せなら、他になにもいらない。そう思う気持ちはいまも同じだ。

なのに、胸が痛んでたまらない。

また泣いて欲しかったのだろうかと、自分自身の心を覗く。

信頼し続けた岩下の背後から出て、預けた命まで返してもらって、それをすべて佐和紀のために使うつもりでいた。あの頃の気持ちは覚えている。だけど、どこにも見つからない。

ぽっかりと空いた穴に、言い訳を詰め込んでいるだけだ。

煙草を口に挟み、ベッドを見る。

独立なんて選ばなければよかったのだ。ずっと岩下に付いていれば、こんなことで迷いはしなかった。

立ちあがり、煙草を揉み消す。

佐和紀に優しくされて、甘やかされて、弱い場所をすべて受け入れて欲しいのだと、煙草の火が消えた瞬間に気づいた。

だけどそれは、岩下にしか許されていない。

佐和紀が愛する、佐和紀に愛される、たったひとりの男が持つ特権だ。

「食っていいぞ、星花。突っ込むなよ」

背中に声をかけると、星花はゆらりと起きあがり、知世の腰の上にまたがった。若い性を自分の中へと迎え入れる。

岡村は振り向かずにバスルームへ向かう。知世の反応に興味はないし、傷つくことも気にならない。

佐和紀のことを考えると、他のことはすべて瑣末《さまつ》すぎてどうでもよくなる。どうしてこんなに好きなのか、それさえわからない。

殴られて蹴られて、自尊心さえズタボロにされているのに、まだあきらめがつかない。この期に及んでもまだ、殴った拳の方が痛かったはずだと思ってしまう。

堂々巡りの欲望と愛情は、独りよがりなソロプレイだ。

ほんのわずかでもいい。気を引くようなからかいの代償に、佐和紀の心が欲しい。

鏡に映る顔に、内出血のあざが浮き始めていた。

指でなぞり、佐和紀の面影を追う。

嫌いになんてなれない。好きだと思う気持ちにも終わりはない。だから、こんなにも苦しくなれる。

「佐和紀さん……」

口にした名前が胸に染みて、岡村は崩れるようにしゃがみ込んだ。

＊＊＊

憂さ晴らしに巻き込まれ、終わるなり、ひとりで帰された知世は、数日経って、組事務所で顔を合わせたときも気丈なふりを続けていた。「またついてくるか」と聞いた岡村の言葉をからかいと知っていて、「はい」とうなずく。

岡村に幻滅したわけでもないことは、視線の熱さでわかる。星花とのセックスを見せられ、自分も星花と寝たことで、秘密を共有したと思っているのだろう。

勘違いしてまとわりつくような真似はしなかったが、用事を済ませた岡村を見送ろうと駆けつけてきた。

ロビーまでついてこようとするのをエレベーターホールで断り、特別な言葉はなにもかけずに扉を閉じる。駐車場になっている一階部分へ出ると、車のそばに会いたくない男がひとりで立っていた。

パリッとしたスーツを着こなし、撫でつけた髪は一分の乱れもない。潔癖を絵に描いたような面持ちで待ち受ける支倉に一瞥《いちべつ》を投げ、スマートキーでドアのロックをはずす。

岡村から声をかけるつもりはない。用件はわかりきっていた。

「みっともない」

頬骨から目の下にかけて浮いているあざを見た支倉が顔を歪める。

「どいてください。なんの真似ですか」

運転席のドアを開けた支倉を睨む。ドア越しに手のひらを見せた支倉から無言で鍵を要求される。

「おまえこそ、なにを考えているんだ。逃げ回るような真似をして」

「どうとでも言えばいい」

岡村は鍵を渡さなかった。

「合わせる顔がないのか」

冷たいまなざしは尖ったキリのようだ。視線を返すだけで、目を突かれそうな、むずがゆさが生まれる。

「……ついてこい」

「俺の車ですよ」

「転がせないなら、廃車にするように言われているが……」

支倉に言われ、岡村の目元はかすかに痙攣《けいれん》した。

佐和紀に殴られた日から、岩下の連絡も無視している。怒りを買うことは承知の上だったが、一千万近くかけたカスタムカーをみすみす廃車にはできない。

鍵を差し出すと、

「乗れ」

支倉が居丈高にあごを動かした。岡村は従い、助手席に乗り込む。

不意打ちで壊されるならあきらめもつくのに、わざわざ、人をやって宣言するのが岩下の嫌味なところだ。そうやって、ほんのわずかに逃げ道を作る。そして、袋小路へ追い込むのだ。

支倉が車を停めたのは、商店街のはずれにある喫茶店の前だった。岩下や岡村たちが行きつけにしている店で、ＵＶシートの貼られた窓は琥珀《こはく》色、木製のドアには古いベルが取りつけられている。

店の前で岡村を降ろし、支倉は走り去る。愛車は人質に取られたも同然だ。

ドアを開けて入ると、すぐに三井が立ちあがった。広い店舗の真ん中には仕切りがあり、ソファ席が並んでいる。

小さく息を吸い込んで近づいた岡村の顔を見るなり、三井はハッと息を呑んで数秒固まった。なにも知らなかったのか。それとも、これほどのケガだと思わなかったのか。岡村の顔には殴られた痕《あと》が赤黒く残っていた。

軽口を交わす暇がないのは、黙って座っている岩下のオーラに顕著だ。いつもとはまるで雰囲気が違う。

クリームソーダを手にした三井が離れた席へと移動していき、スーツのボタンをはずした岡村は勧められるのを待たずにソファへ腰をおろした。

目の前の岩下は三つ揃《ぞろ》えのスーツだ。眼鏡とあいまって艶《つや》っぽいのもいつものことで、庶民的な真昼の喫茶店にはまるで似合わない。

しばらく、どちらも口を開かなかった。岩下は視線をはずし続け、岡村はただ沈黙を守り続ける。

言えることなんて、なにもない。岩下が動いたのなら、佐和紀は相談したのだ。なにを言っても言い訳にしかならないし、そもそも説明をする気もなかった。

望みがあるとすれば、岡村と佐和紀だけの問題として放っておくことだ。しかし、それこそ岩下は受け入れないだろう。岩下にとって、一番大事なのは、惚れて惚れてしかたがない恋女房の佐和紀だ。

「面と向かって話もできないのか。ガキか、おまえは」

箱から抜いた煙草でテーブルを叩き、ソファの背に身を預けた岩下は、あきれた表情を歪める。

「気持ちの整理を……」

と、岡村は答えた。息を吐き出すようにして笑い飛ばされる。

「答えは？」

岩下の凜々《りり》しい眉が動き、威圧された岡村はいっさいの感情を殺した。

「世話係を辞めます」

「好きにしろ。おまえが決めることだ」

あっさりと切り返され、拍子抜けする。

岩下は世間話でもするような気安さで煙草をくちびるにくわえた。自分で火をつけ、ライターを片付ける。

「こうなることはわかってた。その顔、佐和紀に殴られたんだろう。顔だけで済んだか？」

事態をおもしろがるような無責任さを見せたあとで、表情が硬くなる。

「……なにをした？」

「押し倒しました」

「キスは」

間髪入れない切り返しに黙ると、岩下は煙草の煙を吐き出して笑う。

「殴られ損だなぁ、おまえは。キスの仕方を忘れたか？　くちびるを吸うんだよ……」

からかい半分の笑みが、岡村の心を逆撫でする。逆上するのを待っているような岩下は、余裕たっぷりに息をつく。

「しなかったってことは、辞めるなんて本気で思ってないだろ。俺を試してるのか？」

問われても答えはない。しかし、動揺することもなかった。

そのまま黙っていると、岩下がまた口を開く。

「おまえは、決めたことを曲げない。だから、本気で辞めたいなら、佐和紀に突っ込んでもおかしくない。やり方はいくらでもあるだろう？　酒を飲ませるとか、縛るとか。もっと単純に、あいつを口説き落として、不倫することだってできたはずだ。……簡単だろ？」

叱責される場面なのに過剰評価され、違和感に顔を歪めると、岩下はわざとらしく肩を落とした。

「妄想でもうまくできなかったか？」

図星を指されてくちびるを噛む。

ずっと佐和紀が欲しかった。けれど、自分の腕の中にいることを想像しても、その手段までは考えなかった。

ただ、そばに来て、ただ、息がかかるほどに近づきたかっただけだ。

「かわいいよ、おまえは……。なぁ、シン」

親戚《しんせき》の子どもの成長を喜ぶような声を向けられ、顔をあげた岡村は拍子抜けした。ふっと笑う岩下は、震えがくるほど色気がある。なにをしても、なにを言っても絵になる男だ。

下品も卑猥も、優しさも、自分の色に染めてしまう。

「佐和紀が泣きついてきた」

煙草を灰皿に休めた岩下の目元が、弱ったと言いたげに歪む。ハッと息を呑んだ岡村は、とっさに視線を向けてしまう。佐和紀の涙を想像したからだ。

「どうしてだと思う」

真正面から見つめられ、

「俺が、裏切ったから……ですか」

胸の苦しさをこらえながら答えた。

「おまえは、まだわかってねぇな。……おまえが押し倒したことに泣いたんじゃない。おまえが逆らったから、怒ってるんだ」

「……はぁ」

間の抜けた返事をしたことに気づかず、岡村はぼんやりと岩下を見た。怒っていたことは知っている。しかし、それが『泣きつく』ことに繋がらない。意味がわからなかった。

「自分に惚れてるはずなのに、言うこと聞かないって泣くんだ。かわいすぎて、抜かずの三発でハメ殺してやろうかと思った」

「……どういう、意味ですか」

「イッても抜かないで……」

「それじゃありません」

わかりきったことだと、岡村は目を据わらせる。岩下は笑いを噛み殺した。

「佐和紀がお前を煽るのは、好きだからだ。……『でも、佐和紀さんは兄貴のことが好きですよね』って言わないのか？」

「それは……」

「惚れられてる自覚はあるんだな」

「ないです。そんなこと。あるとしても、兄貴の身代わりみたいなものだ」

「だとしたら、迷惑か」

答えに困る。誰かの代わりでも、二番目でもいい。そう思う一方で、自分だけを特別にして欲しい気持ちもまた、否定できない。

「星花がな、俺のところへ来たぞ。……おまえと佐和紀はもうどっぷり不倫だって、俺に言うんだ。佐和紀の『心の愛人』だってな」

「あいつの勝手な思い込みで……」

「どうだろうな。本当に思い込みか？」

「俺とあの人の間には、なにもありません」

キスさえしていない。あるのは、ときどき、からかうようにあご裏をくすぐられるぐらいのことだ。

「どうしてだろうな。どうして、旦那《だんな》の俺が、かわいい嫁と憎たらしい間男の仲を取り持ってんだ……」

いまいましげに言い捨て、岩下はふたたび煙草を手に取った。

「世話係を辞めるのは本気か」

「口に、出したからには」

膝の上で拳を握り、岡村は最後の覚悟を決める。

これでいいと、心底から思う。これでもう二度と、佐和紀を苦しめずに済む。

「おまえ、死んでこいよ。話にならない」

岩下の声は静かに憤り、岡村はうつむく。

煙草をくわえたまま、岩下はテーブルの上のグラスを持った。岡村の頭の上に、バタバタッと冷水がこぼれ落ちる。氷が、床をすべった。

無言のまま、岩下はもうひとつのグラスも掴む。さらに躊躇《ちゅうちょ》なく浴びせかけられた。全身が濡れていく。

「そんな程度の覚悟で、人の嫁に色目使ってんじゃねぇよ。金輪際、泣かせるな。覚えてろよ、忘れるな。次があったら、二度とセックスできないように切り落とすからな」

コーヒーカップを掴みかけた岩下は、舌打ちして手を引く。そのまま出入り口へ向かうのを、三井が慌てて追いかけた。

「シンさん。電話、出てよ」

取って返してきた三井が、テーブルの上にポケットティッシュを置いて去る。ふたりが出ていったあとで、静まり返っていた店にぎこちない喧騒《けんそう》が戻った。タオルを持ったウェイトレスが駆け寄ってくる。

謝りながら受け取ったが、雫《しずく》のしたたる髪をかきあげる気にはならなかった。

なにが気に障ったのか、まるでわからない。

星花の言葉が原因じゃないだろう。だから、『心の愛人』発言のせいでもない。

思いつくのは、佐和紀のために命を捨てると約束したのに、いまになって世話係を辞めると言ったことだ。そして、やっぱり、佐和紀を押し倒して裏切ったことだろう。

「しかたないじゃないか」

口の中でつぶやき、胸に広がる悲しさから目をそらす。

あと一歩が踏み出せない鬱屈《うっくつ》に、心がふさいだ。

岩下に言いつけた星花の行動を裏切りだと思い、同時に、気遣われたとも思う。岡村は静かに迷った。

踏み出した足を、どの方向に向けておろせばいいのか。自分でもわからない。

欲しい答えは確かにある。だけど、誰に求めればいいのか。

当たり前のように佐和紀の顔が浮かび、死にたいほど絶望的な気分になる。

その人はダメなんだと繰り返す先から、やっぱり佐和紀がいい。同じことを何度も繰り返し、傷つけて、傷ついても、見ていて欲しいのは佐和紀だけだ。

だから、少しでも早く岩下を越えたいと思う。

無理だとしても、そうするしか、奪える方法がない。そう思ってきたのに。

猛烈な自己嫌悪に襲われ、ため息をつく。心配そうに眉根を寄せたウェイトレスが、丁寧にスーツを拭ってくれていることにやっと気づいた。

「ありがとう。もう、いいよ」

タオルを受け取ろうとした手が、女の子の華奢《きゃしゃ》な指をかすめる。
学生バイトの若いウェイトレスは、顔を真っ赤にしてうつむいた。

4

悶々と眠れない日々が過ぎ、三井からの電話にはとりあえず出たが、飲みに行く誘いは断り続けた。できる限り、組事務所にも屋敷にも顔を出さず、デートクラブではからかいの一言も口にさせなかった。

盗撮の一件があってから、北見にはすっかり怒らせてはいけない人物認定されている。都合がいいので、そのままだ。

数日ぶりに組事務所へ足を踏み入れると、エレベーターホールの向こうに佐和紀がいた。誰かに呼び止められ、こちらには気づいていない。さりげなく物陰に身を隠すと、知世が受付の前を横切っていき、後ろに佐和紀が続いた。

呼び止めたのは知世だったのだろう。ふたりが消えた非常階段へと岡村も足を向けた。階段を下りていく雪駄の音が響き、階下で止まる。

倉庫部屋のあるフロアの廊下で、ふたりは向かい合っていた。

「いいの？　部屋に入ってもいいけど」

佐和紀が軽い口調で言うと、

「人に誤解されたくないので、ここでいいです」

知世は明瞭《めいりょう》な声で答えた。

「じゃあ、聞こうか。俺に話なんて、内容は知れてるけどな。岡村のことだろう」

「……どうして、あんなに殴ったんですか」

「殴られるようなことをしたからだ」

「あざが残ったらみっともないとか、考えないんですか。責任のある仕事をしているのに、あれじゃ、人前に出られない」

「俺を責めるのは違うだろ。殴られるとわかってて、のしかかってきたのはあっちだ」

答えたあとで佐和紀が舌打ちをした。階段側に隠れている岡村には、ふたりの表情が見えない。

「おまえ、岡村が好きなんだったな」

「……そういうことは気にしていません。愛人にして欲しいと言ったのは、それしかできることがないと思っていたからで。……いまは、ここで仕事をもらえるし、ちゃんとお金にもなるから」

「ふぅん。よかったな。よく勉強させてもらえよ。ここは小さい組と違って、やる気があればデカい仕事も回してもらえる。ただ、相手には気をつけてな」

佐和紀の優しい助言に、知世は戸惑ったようだ。

小さい組で貧乏を経験した佐和紀は、ヤクザがシノいでいくことの大変さを知っている。

「俺だって、岡村さんが御新造さんのことを好きになるのは、しかたがないって思います。……でも、岡村さんの気持ちを知っていて、都合よく扱っているのが」

「見ていられないか？」

佐和紀があとを続けた。

「だけど、あいつも俺の気持ちは知ってる」

「ヤクザだから、しかたないんですか。人の好意を踏みにじっても……」

「おまえはどう思う。おまえの組はどうだった」

「うちは……、人の恩には報いて、目上の人間を盛り立てる、って家訓が」

「なかなか渋いな。それで、アニキのために頑張ってるのか」

「いまは、半分以上、岡村さんの」

「あいつのためか。惚れたら、つらいよ。わかってるんだろう」

「それを、御新造さんが言わないでください」

「どうして？」

さらりと答える佐和紀の顔は、見なくても想像できた。

ほんの少し眉をあげて、小首を傾げるように笑う。柔らかい仕草なのに相手を威圧する。

「知世。あいつは、俺のものだ」

はっきりとした佐和紀の声が、盗み聞いている岡村の胸を刺した。心臓が、止まりそうになる。

「でもな、あいつを、旦那と同じようには愛せない。セックスがすべてじゃないだろう。あいつの『好き』がそうだとしても、俺は違う」

「……気を持たせるようなこと、してるんだって、聞きました」

「誰からだ」

佐和紀が笑い飛ばす。

「そんなことを言うのは、タカシあたりだろ。あいつは口が軽いよな。……それぐらい、おまえが『いい子』ってことか」

「御新造さん」

「岡村は俺のために死ぬんだ。そう俺に言った。だから、俺も、周平が丹精込めた舎弟を、犬死させるのだけは避けたいと思ってる。おまえの好きな岡村さんを『男』にするのは俺だよ。……そこんとこは、あきらめたほうがいい」

「でも……」

知世がくちごもる。佐和紀が殴ったことで、ふたりの関係は解消されたんじゃないかと問いたいのだ。

「おまえは、あいつをまだ知らないんだ」

佐和紀の口調は諭すように優しく、若い知世に対して言葉を惜しまない。

「俺に殴られたぐらいで、しっぽ巻いて逃げるとは思えないな……。犬も子分も、躾《しつけ》が肝心だってさ、俺んとこの姐さんがよく言ってた。俺のいた組のな。もう死んでいないけど、俺もよく殴られたよ。行儀にうるさくて……。おまえはいい躾をされてそうだ。姿勢を見ればわかる。どんなにグレてるやつでも、なかなか抜けないんだよ、そういうの」

「犬と同じにするの、なんか、嫌なんですけど……」

「しかたないじゃん。あいつは俺の犬だもん」

「だから……っ」

知世が子どもっぽく地団駄を踏む。佐和紀にからかわれていると、気づいていない。

「おまえは、俺になにをして欲しいの」

「岡村さんに謝って、ください」

「子どもかよ」

「だって、傷つけてるじゃないですか！　人を振るなら、ちゃんと誠意を持つべきだと思うんです。そこは人間として、ちゃんと」

「振るなんて言ってない」

「どうしてですか。愛人にするわけでもないんでしょう」

「そんなことしたら不倫になるだろう。俺は、人の道ははずさない」

「もうじゅうぶん、はずれていると思います」

エキサイトしてきた知世は、本来の勢いのよさで詰め寄った。

「俺なりにかわいがってるんだから、横恋慕してきて口挟むのはやめろよ。だいたい、毛も生え揃わないガキのくせに」

佐和紀はいっそうおもしろがってからかう。

「生えてます」

と、知世が生真面目に答える。

「へぇ……。じゃあ、剝《む》けてるんだ。見せて？」

「な……。やめてください」

「純情ぶって……。岡村は処女なんてめんどくさくて手を出さないよ。アニキ譲りの人妻喰《ぐ》いだもんな。ほんと、あれはどうかと思う」

「……それ、嫉妬《しっと》なんですか」

隠れ聞く岡村の知りたいことを、まるで見透かしたように質問する。

「うん。そうだな」

佐和紀はあっさりと認めた。

「つまんないことして評判下げてるのは、正直、頭に来た。俺の旦那の評判にも関わるし……。まぁ、俺の一番は岩下だよ。それは死んだって変わらない。俺の人生にひとりだけの相手だ」

「でも、岡村さんのことも手放したくないなんて、卑怯《ひきょう》です。あの人が、かわいそうだ」

「かわいそうかどうかは、俺が決める」

「……岡村さんの決めることだ」

「いや、俺だ。命をくれるって言うんなら、ぜんぶ、俺のものであるべきだろ。よそ見なんて、許せるほど優しくない」

「旦那ひとりじゃ、足りないんですか」

「周平と岡村は別人だろ。求めてるものも、求められてるものも違う。俺の旦那はわかってるよ」

「理解できません」

「……若いな。そういう頃が俺にもあったような気がする。とにかく、適当なところで仲直りしてやるから心配するな。おまえからも頭を下げるように言っておいてくれ。俺はこの前、チャンスをやったんだ」

「……絶対に、セックスしないんですか」

知世の声が震えた。それが怒りなのかどうかはわからない。

壁にもたれた岡村は声もなく肩を揺らした。どうにも笑えてしまう。すべてが佐和紀らしくて、愛《いと》おしくて、喜ぶべきじゃないかもしれないのに満ち足りる。

「しないよ。だって、なぁ……、俺はもう、一番好きな相手とするセックスを知ってる。そんな身体を抱いて、岡村の心があったかくなるとは思えない。……わかるか？　ガキ。おまえのケツも、そんなに安く売っていいもんじゃねぇんだよ」

ペチペチと頬を叩く音が聞こえ、岡村はその場をあとにした。

佐和紀の小気味のいい声が耳の奥に残り、心底から好きだと思う。同時に、父親が入院している病院へ連れていこうとしたわけも理解できた。

過去に触れてどんなに傷ついても、自分だけが岡村の心を癒《いや》せると信じているのだ。それはとんでもない傲慢《ごうまん》だが、ふたりの関係にとっては絶対的な真実だ。

しかし、岡村は信じ切れず、佐和紀だけが信じている。怒らせるはずだと、あらためて思い知った。

元のフロアへ戻ると、構成員たちの輪の中から金髪の石垣が抜けてくる。指で呼ばれ、そのまま外付けの非常階段へ出た。

「あざ、消えてきた？」

しばらく会っていなかった顔をまじまじと見られる。ことの成り行きは三井から聞いているのだろう。

「奥歯も定着した」

「……あー、浮いちゃったんだ。ほんと、ハンパない威力だなぁ。それで？　世話係を辞めるって、アニキに言ったとか言ってないとか、どうなの」

にこやかな顔だが、口調はきつい。目の奥は笑っていなかった。

「いい人ぶってかわいがられようって考えが、そもそも甘かったんじゃないですか」

「おまえだって逃げるんだろう」

目を細めて言い返す。

「それ、言うんだ……。シンさんは、俺なんかよりよっぽど人が悪いよ。だから、あの人を任せられると思ったのに」

「勝手なことを言うな」

「シンさん、わかってる？　アニキにも認められて、佐和紀さんにも必要とされて……。恵まれてるんだよ？　俺だって、選んでくれるならここにいるよ」

日陰の風が吹く踊り場の手すりに背を預け、石垣は不満げに息をついた。拗ねたようなことを言われ、岡村は煙草を取り出す。

「俺だって、枯れたわけじゃない」

「そうでしょうねー。そうだと思いますよ。世話係辞めるとか言えるぐらいには自信あるんですもんね。俺なんか、こわくて言えませんよ、そんなこと。ほんと、カッコよくなっちゃって」

「なにが言いたいんだ」

煙草に火をつけず、石垣を閉じ込めるように手すりを掴む。ぐっと顔を近づけた。

目を覗き込むと、抱いてやろうか」

目を覗き込むと、怯《ひる》むことのない石垣の両手が、スーツの襟を強く掴んだ。

「知世のこと、抱いてないですよね？　あいつを俺の代わりに、世話係へ押し込んでください。あの人を守るためには、顔のきれいなのも、ひとりは必要でしょう。ユウキは結婚してアテにならない」

「だから？」

「口説いてくださいよ。惚れてるあんたのためになら、なんだってするはずだ。あの程度なら、チョロいでしょう」

「俺は、アニキみたいには……」

石垣の考えがようやく読める。男の欲望をそらす役目だ。いままでは、居合わせたユウキがこなしていたことだった。

「佐和紀さんのためです。いまさら、善人のふりしないでくださいよ。……あの人よりガキがいいって言うなら、別だけど」

「……そんなに、あの人が好きか」

「そっくりそのまま、お返しします。俺は、好きですよ。だから、出ていくんだ。邪魔にはなりたくない」

まなじりをきつくする瞳が、わずかに潤んだ。石垣の本意は、石垣自身にしかわからない。いまのままで許されるなら、どこにも行きたくないのは本心だろう。それでも日々は過ぎてしまう。そして佐和紀は立ち止まらない。

「あの人の気持ちが守れるなら……。あの人が上に行けるなら、誰が傷ついてもいい」

「……上ってどこだよ」

手すりから手を離して身を引いたが、石垣はスーツの襟から手を離さなかった。詰め寄るように一歩踏み出す。

「どこまででも。とりあえずは、こおろぎ組の組長ですか……。あの人が望むなら、望むところへ道を繋ぐのが俺たちの仕事でしょう、シンさん」

「……おまえは、本当にお利口だな」

「学歴は関係ないですよ」

「わかってるよ」

「シンさん……」

石垣の手がかすかに震える。

「嘘でしょ、辞めるなんて」

「……そうだな」

「俺たちの惚れた人は、ちゃんとしてます。……その場しのぎでいいカッコをするわけじゃない。俺たちが逃げても、あの人は現実から逃げない。ついていけば、間違いないから。……オヤジさん、危ないんでしょう」

「……おまえまで言うのか」

いきなり切り出され、岡村はおおげさに眉根をひそめた。

「佐和紀さんが、心配しているんです」

石垣の手がようやく襟を離す。指が一生懸命に布地のシワを伸ばした。

「もうケンカしないでくださいよ。……本当に、アニキに泣きついたんだから」

「どうせ、身体で慰めたんだろう」

吐き捨てるように言うと、石垣は笑い出した。

「まぁ、それは基本だから。俺がアメリカに飛んだって、泣いてくれないだろうな……」

「泣くよ、あの人は」

それでもやっぱり、岩下の素肌がそれを慰めるのだ。

「俺ね、アニキから温泉に行ってきてもいいって、許しをもらったんです。佐和紀さんとね。だから、一緒に行こう」

「は？」

「誰かを連れて三人以上なら行ってもいいって。タカシは邪魔だから俺たち三人で……」

「マジか。……おまえ、一緒に風呂に入るつもりじゃ……」

「それぐらい、いいじゃないですか。どこ行きます？」

あっけらかんと言って、舎弟仲間の中で一番偏差値の高い男は、岡村の手から煙草をもぎ取った。

＊＊＊

翌日は晴天の夏日になり、明け方まで雨に濡れていた街路樹の緑は瑞々《みずみず》しく光った。すっきりとしない気持ちを抱える岡村にとっては、眩《まぶ》しいばかりの景色だ。いつ佐和紀に謝ろうかと考えるたびに、自分の暴走が恥ずかしくなってしまう。

外見ばかりカッコつけても、中身はまだ引きずられるように追いつかず、それを自覚するからいっそう足元がもつれる。

岩下の斜め後ろでカバンを抱えていればよかった頃が懐かしく思い出されたが、いまさら帰れる場所でもない。

自分で選んだ道へと飛び込む石垣の溌剌《はつらつ》とした表情を思い出し、自分との差はなにだろうかと考える。偏差値だと言えるほど、数字が見える社会じゃない。

それでも、石垣は常に学び続けていた。岩下の舎弟になり、女を抱いて貶《おとし》め、あこぎなやり方でシノいでいたときも、暇つぶしには英語で書かれた論文を読むような男だった。

地下駐車場に車を置いた岡村は、エレベーターでデートクラブのオフィス階まで上がる。珍しくトラブルが重なり、客への対応とアフターフォローについての報告を聞くことになっていた。客同士の横の繋がりも考慮しなければならず、トラブル対処には慎重になる。差をつけた方がいいときと悪いときと、さまざまだ。

「あぁ、岡村さん。お待ちしていました」

エレベーターを降りるなり、丁寧な口調の北見に出迎えられる。

「珍しいですね。どうしたんですか」

岡村は敬語で答えた。まだスタンスが定まらない。オフィスへ向かいながら聞くと、

「いや……」

北見は言葉を濁し、こめかみを指で掻《か》いた。

「今日の報告はまた後日にします。……岡村さんに来客が」

「俺に？」

想像がつくのは、岩下か、元男娼《だんしょう》のユウキだ。

それにしては北見の態度が硬い。不審に思いながら、オフィスの扉をノックする北見に続いた。

中へ入った瞬間、岡村は背後を振り向く。前を歩いていたはずの北見はスッと後ろへさがり、あっという間に出ていく。ドアが静かに閉まった。

「……一言、言えよ……」

岡村は思わずつぶやく。恨み言は本心だ。

ゆっくり身体を正面へ戻す。カフェのようにテーブルとイスが点在した部屋の、ハイチェアから下りた眼鏡姿の男がはにかんだ。

薄い小豆《あずき》色の紬《つむぎ》にこげ茶の角帯。水色の半衿がちらりと見える。そこにいるのは、岡村が夢に見てしまうほど焦がれている佐和紀だった。

開口一番で謝ろうと覚悟を決めた岡村に向かって、指輪をつけた左手が向けられる。岡村はおとなしく黙った。すると、佐和紀が口を開く。

「悪かったのは、俺だ。答えを押しつけて、嫌な気分にさせたんだろう？」

「……謝るんですか」

岡村が暴走する前ならともかく、あんなことがあったあとで佐和紀が謝る必要はない。そう言おうとしたが、困ったように眉を下げる佐和紀の表情に見惚《みと》れてしまう。

「おまえが、抜けるとか言うからだろ」

「アニキにも怒られました」

「それはこっちも同じだ」

佐和紀もそれなりに説教を受けたのだろう。肩をすくめ、くちびるの端を歪めた。

いつもの佐和紀がそこにいる。

「ダメですよ、あの人に相談したら」

「でも、他にいないだろ。……いつもなら、おまえが聞くような話だ」

「……すみません。至らなくて」

「本当だよ」

腕組みをした佐和紀は、ぷいっと横を向く。

もう少しそばへ近づきたいと思いながら、岡村は動けなかった。

「……病院、行こうかと思います」

横顔に向かって言う。思いつきではなかった。

知世との会話を聞き、石垣からも言われて、佐和紀の気持ちが理解できたからだ。

「それがいいな」

佐和紀はにこりともせずに振り向く。

「いい思い出なんかないんですよ」

「べつに仲良し親子をしにいけとは言わない。悪態ついてもいいし、話なんかしなくてもいい。でも、いまはまだ生きてるんだろ。しなかったことを後悔するよりもさ、したことを後悔して欲しい。その方が、俺だってなんとかしてやれる」

「慰めてくれるんですか」

わざとふざけた言葉を返す。

「おー、頭をな、ナデナデしてやるよ」

佐和紀は無邪気に笑い、ハタッと止まって岡村を凝視した。

「なに？　本気でそれがいいの？」

本心は答えられない。だから、岡村は苦笑いだけをひっそりと浮かべた。


そうと決まれば、即行動が佐和紀の原則だ。

母親へ連絡を入れて、病院に向かう。

夏日の太陽光がアスファルトの上に作る逃げ水を追い、岡村はただ黙ってハンドルを握った。心の中で渦を巻く複雑な思いはすべて、助手席の佐和紀に預け、病室の前に立ったときでさえ戸惑わなかった。

人生に起こることのすべては、いつも想像以上にあっけない。期待したり、恐れたりするほどには劇的じゃないからだ。

父親は酸素吸入器のマスクをつけられ、ベッドに横たわっていた。数年前に見たときよりもさらに痩《や》せ細り、点滴の針を刺している腕は、骨と皮と筋しかない。

佐和紀はドアのそばで足を止め、岡村だけが近くへ寄った。会うたびに背が縮んでいるように思える母親が、ベッドの上の父親に向かって呼びかける。必死に繰り返すと、閉じていたまぶたが億劫そうに開いた。目も悪くしているのか、濁った瞳がちらりと見えた。もう話すこともできないのだろう。ぜぃぜぃと繰り返す息遣いが、個室の中に響く。

泣き出した母親が、イスへと崩れ落ちるように座った。

岡村は身を乗り出して、覆いかぶさるように父親を見おろした。いい思い出は本当にない。あったとしても、悪い思い出がすべてを侵食している。

一瞬だけカッと開かれた目の中に、岡村は自分の姿を見た。そして、静かに体勢を戻す。

「これきりにしてくれ。入院と葬儀の費用は出すから、金額を留守電に入れておいて。いつも通りに振り込む」

父親の手を握りしめて泣く母親は、コクコクとうなずいた。

「ごめんね、慎一郎。来てくれて、ありがとう」

背中で声を聞いた岡村は、佐和紀がいないことに気づいた。

廊下にも姿がない。心配になって早足でエレベーターホールへ戻る。すると、談話スペースのソファの端っこに、ぽつんと座っていた。

「お待たせしました。……佐和紀さん？」

立ちあがった佐和紀の顔色が悪い。岡村に声をかけず、ちょうど開いたエレベーターへ乗り込んでいく。慌てて後を追った。

「具合が悪くなったんですか」

「外の空気が吸いたい」

「診察にかかった方が……」

そうは言ったものの、佐和紀には戸籍上の問題がある。性別が女になっているのだ。だから、診察は事情を知っていて、かつ見逃してくれる医者に限られている。

拒む佐和紀を木陰の植え込みまで連れていき、花壇ブロックに座らせた。自販機で水を買って戻る。眼鏡をはずした佐和紀は、ぼんやりとロータリーを眺めていた。

血の気がさがったままの横顔は青白く、まつげが震えるように動く。

「大丈夫ですか。やっぱり、診《み》てもらった方が」

かかりつけの医院まで車を回すと言ったが、

「いいから……」

服を引っ張って止められた。

「なんか、話でもしたか？　嫌味のひとつぐらい、言えたんだろうな？」

「いいえ、なにも……。死んだ魚みたいな目を、していました。それを見たら、恨み言を言うのもバカらしくて」

水を差し出すと、佐和紀はくちびるを濡らす程度に飲んで息を吐いた。

「なぁ、シン。……あの部屋を見てたらさ、思い出したんだ。俺は、母親がベッドに寝ているのを見たことがない」

「……亡くなったお母さんのことですか」

「うん。前から、そのあたりの記憶がはっきりしなくて、何歳だったのかもよく覚えてない。ばあちゃんが、病気で死んだって言うから、そうだと思ってた。でも、俺自身は、病室にいたんだよな」

「どういうことですか」

「自分が病室のベッドの上にいて、窓の外とか、天井とか……あの、ベッドの周りのカーテンだとか。そんな景色を覚えてる……。そう思ったら、目が回って……」

「入院していたのは、佐和紀さんだったんですね」

足元にしゃがんだ岡村は、うつむいた佐和紀の顔を見た。

「確かに、母親は家にいなかったと思う。でも、あの人は夜の仕事をしてたから……」

記憶がはっきりしないのだろう。十代の前半のことなら、記憶が断片的でもおかしくはない。岡村だって自分の生活をつぶさには思い出せない。

「母親を追いかけたような気がする」

佐和紀のまなざしが記憶をなぞる。細めた目が、力なくまばたきを繰り返した。

「車にさ、轢《ひ》かれたんだ」

「え？」

「俺が。……ぶつかった感じだと思う」

「それで、入院していたということですか」

「わからない」

佐和紀は首を振り、くちびるを引き結んだ。

「佐和紀さん。無理して思い出さなくていいでしょう。考えない方がいい」

顔色がますます悪くなるようで、岡村は不安になって止めた。このままでは倒れてしまいそうだ。

「……星花に。……調べてもらうことができるだろ」

「アニキを通さなくていいんですか」

真剣に確認した。少し思い出しただけで、これほど動揺してしまうのだ。短絡的に触れていい問題じゃないのかもしれない。

「あいつは、俺に都合の悪いことは隠すだろ」

佐和紀はぼんやりとした、力のない目で言った。

「そこんとこは信用できない。おまえは隠さずに報告できるだろ……。俺に」

「あなたが、望むなら」

岡村がうなずくと、佐和紀の表情はようやくほころんだ。頬にも色が戻ってくる。

しばらくは、その場で休憩を取った。冬には丹沢《たんざわ》山系から吹きおろす風が冷たい場所だが、いまの季節は爽《さわ》やかで心地がいい。

「佐和紀さん。俺からも話があります」

「……世話係を辞めるって話じゃないなら、聞いてやる」

「違いますよ」

　からかってくる佐和紀の横に、ひとり分の距離を取って座る。岡村は苦笑した。

「でも、その世話係の話です。石垣の代わりに、知世を推薦したいと思います。佐和紀さんはどう思いますか」

「あぁ、そういう話……」

「本人ははっきり言いませんが、実家での居場所がないんでしょう。詳しいことは俺の方で探ってみます。短絡的なところはありますが、頭もいいですし、度胸と根性もあります。まだ若いので、これからどうとでも躾《しつ》け直しができます」

「なにが言いたいの」

　こういうときの佐和紀は聡い。岡村の言葉の裏を機敏に感じ取る。

「育てる気はないですか」

　と、岡村は聞いた。

「……おまえの愛人じゃないの？　惚れられてるって聞いたけど」

「手は出してません。色恋のルールは俺が叩き込みます」

「結局、やるってことだろ」

「違いますよ。あの容姿ですから、ハニートラップのひとつでも仕掛けられる程度の、教育は必要かと。……実地は、星花に」

「……かわいそうだろ。あの若さで、星花って……。俺はよく知らないけど、周平に負けないぐらい、いろいろとアレなんだろ」

その星花以上にアレな岩下と、夜毎《よごと》そうなっている佐和紀が一番すごいのではないか。とは、口に出さない。直った機嫌がまた悪くなるだけだ。

「まぁ、あれだな。本当に実家と折り合いが悪いんなら考えてもいい。いつまでも組事務所に寝泊まりさせるわけにもいかないだろ。顔が売れてきたら、悪い虫がつきそうだ」

顔がいいだけに、シノギを搾取しようとする構成員に引っかかる可能性もある。組事務所へ出入りするのは、躾の行き届いた人間ばかりじゃない。

「わかりました。調べます。佐和紀さんに承諾してもらえたら、アニキにも話をします」

岩下と兄弟盃を交わすかどうかも考えなければいけない。

「手を出してないわりには、優しいんだな。案外、育つのを待つとか、そういうの？　なぁ、慎一郎」

ふいに呼び捨てにされ、岡村は驚いて振り向いた。

「おまえは俺のものだろう」

眼鏡をはずしたままの佐和紀から目が離せなくなる。

思わず生唾《なまつば》を飲んでしまい、喉がごくりと鳴った。

一年前のことが急に思い出される。『命を預けたい』と言った岡村に、あの頃の佐和紀は『自分にはそんな価値がない』と尻込みしていた。

誰かの熱烈な感情を、めんどくさいと切り捨てる人だった。

佐和紀の手が伸びて、スーツの襟を摑まれる。ぐっと引き寄せられ、身体が傾ぐ。

「……俺のものになれよ」

真剣なまなざしを向けられ、戸惑うことも忘れたのは、その言葉があまりにも突然だったからだ。

「愛人にしてくれるんですか」

思わず混ぜ返すようなことを言ってしまう。言葉の真意を聞く勇気もないからだ。

にやっと笑った佐和紀は、岡村のスーツを離して立ちあがる。

また悪い冗談でからかわれたと、岡村は思った。

座ったままでスーツの乱れを直し、襟を整える。そのとき、ふいに指で頰を撫でられた。

佐和紀に両頰を包まれる。促されるままにあごをそらした。

「俺のこと、好きか」

見おろしてくる佐和紀の裸眼の中に、岡村は自分自身を見る。

「……好きです」

「もう二度と、俺に逆らうなよ。親に尽くせと言えば、黙ってそうしろ。誰かを抱けと言っても、その通りにしろ」

「あなたが、言うなら」

催眠術にでもかけられたようにくちびるが動く。でも、すべてが岡村の本心だ。言わされた感覚は微塵もない。

「俺になにをして欲しい」

佐和紀の強いまなざしに覗き込まれ、周りのすべての音が消えていく。佐和紀の触れている場所から体温が上がり、全身が汗ばんだ。

「はっきり言ってください。俺のこと、欲しいって、佐和紀さんの口から聞かせてください」

思うより小さな声になり、佐和紀はうなずく代わりに目を伏せた。

「……必要なんだよ、おまえが。慎一郎。おまえの身体も心も、俺のものだ。だから、二度と逆らうな」

待ち望んだ言葉は、ただの音になる。理解することも忘れた頭の中へと直接響き、岡村は喘ぐように息を吸い込んだ。

夢から醒《さ》めてしまいそうでまばたきもできず、確かめたくて、佐和紀の肘あたりを、袖の上から握った。

「俺のこと、好きですか」

尋ねる岡村の声はかすかに震え、

「好きだ」

即答を返す佐和紀は笑いもしない。

この一言が欲しかったのだと、岡村は自分自身に訴える。

「……ほんと、悪い人だ」

「抱いてやろうか」

柔らかな声を出した佐和紀が、今度は笑う。

無邪気な目でからかいを投げられ、岡村はすべてをあきらめた。そして、すべてを受け入れる。

「抱いてください」

答えると、強く引き寄せられた。

セットした髪が乱れるほど乱暴な仕草で、着物が顔に押し当たる。指が髪へともぐり、白檀《びゃくだん》のほのかに香る袖が、周りの景色を遮断した。

佐和紀の匂《にお》いを胸いっぱいに吸い込んだ岡村は、羽織を摑む指に力を込める。身体が震えると、佐和紀の力がいっそう増す。

「えらかったよ、慎一郎」

耳のそばでささやく声に、胸が引き裂かれそうに痛んだ。

逃れられない過去が踏切の警報とともに甦り、遮断機が下がる。

渡ってはいけない踏切だった。

電車が行き過ぎ、遮断機があがったら。

自分の求めているすべてがそこから駆け戻ってくる。

知っていても、焦燥に背中を押され、立ち止まることができなかった。たとえ不幸になるとしても、道を踏みはずすのだとしても、そこにある景色を知りたいと望んでしまう。

母が望み、子どものためにあきらめた生き方がそこにはある。

「おふくろさん、喜んでたな。……親孝行したんだ。えらかったよ」

まるで犬猫を撫でるような乱暴さで岡村の髪を乱し、佐和紀が繰り返す。震えながらしがみつき、浅く吸い込んだ岡村の息遣いが泣きに変わる。

それでも瞳は潤まなかった。哀しみは感情をはるかに超えて疾走し、涙を浮かべる余裕さえない。

母を苦しめ、自分をないがしろにした父が憎い。でも、同時に、ずっと求め続けた。

遮断機の向こうで待つ母親の隣に、その姿を見つけたかったのは、愛していたからでも愛して欲しかったからでもない。

ただ、父と過ごすことをあきらめ、追いすがる子どもを選んだ母を、いつまでも女とし

て愛し続けて欲しかったからだ。

「ごめんな。俺の勝手に付き合わせて……悪かった」

佐和紀の声が遠く聞こえ、脳裏で鳴り響いていた警報機の音もかすれて消える。

父親にもう一度会えてよかったとは思わない。

それでも、母親が満足したのなら、足を運んだ甲斐《かい》はあった。

自分の気持ちを押し殺した親孝行が、母親の人生を肯定するのだと、そのとき、やっとわかった。

誰かにとっては苦痛であったり無意味であったりすることに、他の誰かの人生のすべてがかかっている。そして、それが回り回って、自分への好ましい結果となって返ってくることもある。いつか。遠い未来の話だ。

そんな複雑な家族関係のすべてを、佐和紀は自分のわがままだとひとくくりにして、いまは岡村に背負わせない。

優しさというよりは男気だ。

なにも考えずにいることを許してくれた岩下の寛容さ。

そして、向かい合うことの責任を負ってでも背中を押す、佐和紀の厳しさ。

岡村はそのどちらにも、憧れと尊敬と、そして嫉妬を感じる。

両足で立つことの本当の意味を考えながら、いまは佐和紀の匂いだけを胸に吸い込んだ。

＊＊＊

「それは、佐和紀さんの母親も同じような立場だったからじゃない？」

派手な牡丹が描かれた薄手のローブを羽織り、星花がベッドへのぼってくる。

枕元に積んだクッションの山に背中を預けた。

「男といるより出産を選んだことと、男を嫌いになったことは、イコールじゃないかもしれないでしょ」

伸ばした足元に双子の片割れが近づく。星花と同じ姿勢で横たわる岡村の足元にもすでにひとりが座っていた。

今夜のセックスは終わったあとだ。シャワーも済ませ、双子は、甲斐甲斐しく爪《つめ》の手入れを始める。

「そういう優しいところがあるね、あの人は。女の気持ちがよくわかるというか……」

しどけなく笑った星花がキスを欲しがる。面倒に思えて指だけを渡した。関節をかりっと噛まれて、岡村は笑いながら手を引き戻す。

「せっかく調べたのに。聞きたくないんだ……」

星花に睨まれる。

「それを先に言えよ」

「……さっきのセックスが代金じゃなかったの？」

「じゃあ、そうしてくれ」

言いながら、身をよじってキスをする。双子は、ふたりの動きに文句も言わず、もくもくと足の爪を整え続けていた。

「岩下さんには報告しないって聞いてたから、書類は作らなかった」

枕元の煙管《キセル》へ手を伸ばし、星花が言う。確認された岡村は、うなずいた。

周平とはすでに和解済みだ。佐和紀に頼んで、間へ立ってもらい、離れまで行って謝罪した。あとはいつものコースだ。街に連れ出され、記憶が飛ぶまで飲まされた。

「とりあえず、新しくわかったことだけ教えてくれればいい」

「じゃあ、不確かなことも、あとで説明するね。まずは、入院の件。昔のことすぎてカルテなんて残ってなかったけど、事故の記録はあった。子どもが車にぶつかったみたいだけど、その場で解決になってる。警察も保険会社も嚙んでない」

「どうしてわかるんだ」

「そういうのはね、企業秘密。記憶のいい人間ってね、けっこういるんだよ。あの人は住んでいた場所がはっきりしてるから。母親の死亡届は確かに出てる。病死というよりは突然死だよ。自殺の可能性もある。納骨された寺の特定はできてる。祖母の骨も一緒だけど、檀家だったわけじゃない。永代供養の費用は満額支払われてる。……お布施を含んで、かなりの額だった。あれだけ積めば、断る寺はないと思うよ。支払った人物については、記録がない」

「誰か、他にも家族がいたってことか……。祖母の恋人かな」

「だとしたら、その人に保護されてもいいと思うんだけどね」

祖母の死後、ひとり残された佐和紀は、生まれ育った横須賀から流浪の旅へ出ている。

「あと、戸籍だけど。作られたのが、かなり、後だった。十四歳のとき。だから、小学校にも行ってないね」

「無戸籍児か」

「戸籍を作った年に母親が死んでるんだけど……」

星花は首を傾げ、煙管をくちびるに挟んだ。煙を細く吐き出す。わずかに麻薬が混ぜられたそれは甘い匂いだ。小さく唸ってから言った。

「これは俺の想像だけど、あの人、本当はもう少し若いんじゃないかな。性別が女になってるのと同じで、生まれ年も正確じゃない気がする」

「なんで、そんなこと」

「わざとなのか、うっかりなのか……。まぁ、俺の勘に過ぎないけど。あと、岩下さんが調べるのをやめた理由も、なんとなくわかったよ」

星花の声のトーンが変わり、岡村も真剣になる。

「宗教団体に入ってたみたいだ。ツキボシ会って知らない？」

「いや……」

「自分たちでコミュニティを作って、自給自足をしながら教義を守ってる組合なんだけど。宗教法人ではなくて、農業組合の形を取ってる。似たようなものでもっと大きな組織があるんだけど、そこと混同されるようにわざと動いてる。裏の社会ではわりと有名だ」

「アニキはそれを知ってるってことか」

「知らないはずはないと思う。佐和紀さんのことを調べる上で、ここの名前を知ってる素振りは出せないよ。岡村さんもうっかり口にしないようにして。マークされると厄介だ」

「そこは、なにをしてるんだ」

「軍事訓練とそれにまつわる人材の育成」

「日本で？」

驚いて笑うと、星花はじっとりと目を細めた。

「そのノンキさが日本人だよね……。あなたの国は、自分で思うより広いよ。小さな集落でひっそり生まれて、外には出ずに死ぬこともできる。要は戸籍がなければ、義務教育を受ける必要もないってことだ」

「育成って、子どもに戦争の仕方を教えてるってことか」

「正しくは人殺しの方法。佐和紀さんがそうだったかどうかはわからない。でも、祖母が出入りをしていたことは間違いない」

「……こんなこと調べて、平気か」

ふいに不安になって聞くと、肩をすくめた星花は両足を引き寄せた。すでに爪の手入れは終わっている。

「岩下さんに見つかると厄介だね。俺と岡村さんが岩下さんの下にいると知ってる人間がいたら、それも迷惑をかけることになる。……でも、岡村さんは知りたいんでしょう？」

「佐和紀さんが納得できれば……と、思ったけど、これって、なにをどこまで報告すればいいんだ……」

「そこだね。ツキボシ会については、イルミナティとかフリーメイソンぐらい眉唾《まゆつば》だよ。だいたい、軍事訓練をして、誰と戦うつもりなのかってところから疑問だ」

「……なおさら、危険なんだな」

「佐和紀さんにはまったく関係なかったって可能性もあるよ。でも、関係していたとき、どう転ぶかわからない。『大磯《おおいそ》の御前』と呼ばれている人がいるでしょう。たぶん、その人に知られたくなくて、調べるのをやめたんだと思う」

「わかった。頭の中に入れておくだけにする。戸籍を作った時期と納骨の話だけするよ。あと、佐和紀さんが事故に遭ったたって話か」

「うん」

星花の手が岡村の胸を這う。

「裏社会は、どこまでも暗いよね……。日本の暴力団なんて、表舞台の話だ」

そこにいて欲しいと言いたげに、星花の頬がすり寄る。岡村よりもよっぽど闇《やみ》の深い裏社会で生まれ、暗い暮らしをしてきた男だ。

そっと抱き寄せると、おかしそうに肩を揺らす。

「佐和紀さんがいくつか若いなら、岡村さんより年下になるね」

「年齢のことなんて考えたことがない。元々、幼いところがあるよ、あの人は」

「……そっか。ね、もうひとつ。由紀子って女のことだけど。始末しないのは、関西の情勢からいって得策じゃないから、でしょう？　泳がせておいた方がいいのはわかるけど……。岡村さんの方でも、御新造さんの周りは固めておいた方が都合がいいと思うよ。岩下さん寄りの人間じゃなくて、岡村さんの指図を聞きそうなのがいい。普段の様子を報告してくれそうな……」

「俺は舎弟とか持ってないから」

答えた岡村の脳裏に、知世の面影が横切る。

知世の実家についても調べさせ、北関東の暴力団界隈《かいわい》での噂を集めた。実家にいられないのは読み通りだったが、知世を疎んでいる人物は、ほかでもない実の兄だ。

弟が嫁を寝取る妄想に取り憑《つ》かれ、顔を見るだけでも発狂寸前になるのだという。

「誰か、思い当たる節がある？」

「いや……」

「あるなら早いうちに引き込むことだね」

「星花。その助言は誰のためだ」

「佐和紀さんになにがあっても、岩下さんは揺るがないと思うけど。……それでも、傷つくでしょう」

まっすぐに見つめられ、岡村は無表情に視線を返した。いまでもまだ、星花は岩下を想っている。

「ねぇ、岡村さん。それって、あの子でしょう？」

長い髪を肩に流し、ふっと目を細める。星花はそれだけで卑猥に見える。性的な仕草で自分のくちびるを舐めた。

岡村は視線をそらして、髪をかきあげる。

「知世は俺が落として覚悟させる」

「……抱くの？」

「抱かない。佐和紀さんとの約束だ。世話係に入れるなら、肉体関係は持たない。……肝心なところに触らなければセックスじゃないだろ」

「かっこいいこと言っちゃって」

「惚れそうだろ。星花」

押し倒しながら顔を覗き込む。星花のしなやかな指が、胸を這いあがって首に絡みついた。

「うぬぼれてるね。やっとのあの人の足元ぐらいだ。そういうことは、佐和紀さんとキスのひとつでもしてから言って」

抱きしめられたから満足だ、とは言わない。

あれは、岡村にとっては甘酸っぱく、佐和紀にとってはなんでもない、ふたりだけの思い出だ。誰にも教えるつもりはなかった。

＊＊＊

岡村から夕食に誘われた知世は、いきなりのことに驚き、目を丸くした。

あどけない瞳でまばたきを繰り返したが、返事をしなければ断ったことになると気づき、大きく何度もうなずく。

知世は一見、礼儀正しく真面目な青年だ。おとなしくしていれば、暴力団に出入りしているとは思えない。

しかし、岡村がためらうことはなかった。世話係として推薦できるかどうかのテストも兼ねているからだ。

その日のうちに連れ出し、鎌倉に程近いレストランで食事をした。

無国籍料理を食べながら趣味を聞くと、

「将棋です」

思いもしない返答が返ってきた。将棋は佐和紀の趣味のひとつでもある。おあつらえ向きだ。出来すぎている気がして、嘘をついているのかといぶかしみ、もう少し突っ込んで確認する。

これが面接だと思いもしない知世は、岡村と会話しているのがただ嬉しいと言いたげにはにかみ、少し早口になって答えた。

「強い方だと思います。近所で賭け将棋の賭場《とば》があって、高校の頃は小遣いを稼いでたんですけど……。場を荒らすなって、オヤジに怒られて」

「それで稼げばよかったんじゃないのか」

「賭場はピンキリだから、ヤクザでも怖い世界なんです。ヘタに稼ぎ続けると、目をつけられますから。トラブルになったこともあるので近づかないようにしてます。このあたりは盛んじゃないみたいですね」

「そうだな。子どもの遊び程度だろう」

「岡村さんは指しますか」

「少しな。御新造さんがされるんだ。付き合いで指すことはある」

「……そうですか」

自分とも……と誘いたいのをぐっと我慢した表情で、知世は手元のドリンクを飲んだ。

ふたりの間に沈黙が流れる。しかし、居心地の悪さはなかった。

窓の外に置かれた篝火《かがりび》を眺めながら食事を続ける。

「御新造さんには……、岡村さんから謝ったんですか」

食事も終盤になり、たわいもない世間話が途切れた瞬間を見計らった知世が口にした。

岡村はため息まじりに答える。

「向こうから謝ってくれた」

「……そう、なんですか。よかったですね」

「心配してたんだろ。悪かったな」

「俺は、ただ……」

そう言って、知世はうつむいた。

照明を控えめにした店内で、知世の白い肌は艶やかに浮かびあがる。妙な色気があり、若い匂いが立ちのぼるようだ。

「腹ごなしに、ビーチでも歩くか」

声をかけて席を立つ。支払いは中座した際に済ませてある。

財布を取り出すタイミングを見失った知世は、わたわたと慌てた。

「みっともないから、財布なんて出すんじゃない」

「いや、でも……」

「たいした金額じゃないし、おまえよりは俺の方がよっぽど稼いでる」

「……ですよね。ごちそうさまでした。おいしかったです」

「美人に言われると悪い気がしないから困るよな」

冗談を言って背を向けると、知世は後ろについてくる。レストランの駐車場に車を置いたままで、薄闇のビーチへ下りた。

夏が近く、日は長い。まだ真っ暗になる時間ではなかった。

店が混雑する時間を避け、早めに食事を終わらせたことも理由のひとつだ。

佐和紀とふたりで来たこともあるビーチは、遠くに江《え》の島《しま》の明かりが見える。夏でも冬でもロマンチックだが、岡村と佐和紀の雰囲気はいつもからりと乾いていた。

ほろ酔いになった佐和紀は雪駄を脱ぎ、着物をからげて海へ突進していった。放っておくと泳ぎ出しそうで、慌てて追いかけたのが昨日のことのように思い出される。

ときどき無邪気で、ときどき傲慢で、そして、ほんの少し優しい。

「御新造さんのこと、考えているんですか」

隣に立つ知世は、印象的な景色よりも岡村の顔を見ている。

「どうして」

「いえ……あの……、幸せそうだから、です」

「あぁ」

つぶやいて、岡村は自分の頬を撫でた。佐和紀から「自分のものだ」と宣言されて、荒れていた心は不思議なほど凪《な》いだ。

求められなくても命を懸けようと決めていたのに、結局は見返り以上のものが欲しくなったのだ。

佐和紀への想いは二律背反の様相を呈している。

好き嫌いや、愛されない愛されるという話ではなく、『男惚れ』と呼べるほど潔いものでもない。岡村は佐和紀に、なにかを期待している。

それはおそらく、『愛情』ではなく『未来』だ。岡村は、自分を育てた岩下が見せてくれた未来より、佐和紀の前に待ち構えている未来に対して興味がある。だから、それを自分の存在理由にしたいと思う。

風が乱す髪をかきあげ、知世に向き直る。

「札束と俺と、どっちが欲しい」

前置きのない質問だったが、知世は迷わなかった。

「金なんて、どうでもいい」

まっすぐな若さで、問われるのをずっと待っていたと言いたげな瞳がきらめく。

「俺のために、兄貴夫婦を見殺しにできるか」

続けての質問には押し黙った。

「俺は、佐和紀さんのために生きてる。他の誰かを、あの人以上に想うことは一生ない」

「手に入らない人なのに」

知世がうつむき、スニーカーで砂を踏む。岡村は苦々しく顔を歪めた。

「手に入れる必要なんてあるか？　所有するのは俺じゃない。あの人が俺を所有するんだ」

「覚悟を決めたら、岡村さんの愛人にしてくれるんですか」

「おまえはそこにこだわるんだな」

「居場所が欲しいんです。あいまいなのは……嫌なんです」

「兄貴の嫁と、なにがあった？」

「……なにもないです。向こうが一瞬だけその気になっただけで。俺は、女は……」

火のないところに煙は立たない。女の中に芽生えた気配を察知して、知世の兄は疑心暗鬼に囚《とら》われたのだろう。

「俺があの人を愛するのと同じ愛し方ができるなら、おまえに居場所を作ってやる」

「……どういうことですか」

「自分で考えろよ。そこまで甘くない。覚悟があるなら、近くに置いてやる。嫌だと思うなら、もう二度と顔を見せないでくれ。俺の心が乱れる」

海を渡って吹きつける夜風にさらされ、ふたりの髪が揺れる。

岡村は手を伸ばし、指先で知世の頬を撫でた。なめらかな肌は瑞々しく張りがある。しっとり吸いつくような佐和紀とは別の手触りだ。あごを支えて、顔を上げさせる。

「おまえの喘ぎ声と後ろ姿は、佐和紀さんにそっくりなんだ」

岡村の発言に驚いた知世があとずさる。その手を摑んで、引き止めた。

「話はそれだけだ……。事務所まで送る。答えはそのうちに聞く」

混乱したような知世がすがるように見つめてくる。

岡村は視線をそらし、手を引いたままでビーチを後にした。

佐和紀が手にする未来を一緒に見たい。しかし、肉体的な欲望が捨てきれるわけでもなかった。それはまた別の話だ。恋は、恋だから。

＊＊＊

雑木林よりも高く突き出た煙突の先から、空へ向かってのびていく煙を、鼠色《ねずみいろ》の長着の上に黒い紋付の羽織を着た佐和紀が、まんじりともせずに眺めている。

胸の前で腕を組んだ厳しい表情も、岡村の声に振り返ると和らいだ。

「わざわざ、こんなところまで足を運んでいただいて、ありがとうございます。精進落としを予約してますので、よろしければお付き合いください」

「おふくろさん、引っ越しするんだって？」

「介護付きのマンションに誘われていたようで。知り合いがいるところなら、こちらも安心です」

岡村の父親は、見舞いに行ってから約一週間で息を引き取った。問題の多い男でも、死ねば親族が出てくるものだ。カタギの職についていない岡村は通夜も告別式も断り、火葬にだけ付き合った。

そんな中、佐和紀はいつのまにか集団に紛れていて、まるで親族のひとりのように岡村の母に付き添っていた。おそらく告別式にも参加したのだろう。

通夜には三井と石垣まで同行していて、一晩中、線香の番をしてくれていたと、骨上げのあとで母親から聞いた。葬儀の間も受付に立っていたので、父親の死を聞きつけたチンピラが香典を奪うような事態も回避できたようだ。

「さっき、おまえの親戚たちがさ、おまえのことを誰だ誰だって騒がしく噂してたよ。ヤクザに見えなかったんじゃない？」

佐和紀が笑い、岡村は苦く顔を歪めた。

「それを言うなら佐和紀さんだって、出どころ不明でしょう」

「隠し子だと思われたかもな」

肩をすくめて笑い、佐和紀はなおも火葬場の煙突を見あげる。

「もう、行きましょう」

不安になって促すと、佐和紀はあごをそらしたままで言った。

「ばあちゃんを見送ったことは覚えてる。ばあちゃんの恋人が全部やってくれたんだ。……父親が骨になったら、少しはスッとしたか」

「なにも変わりません」

「おまえの母親は、これで心配ごとがひとつ減ったって言ってたよ。おまえのこと、お願いされた」

「それは俺からもお願いしたいです」

「されてやるよ。俺は、年増にも弱いんだ」

「……おばあちゃんですよ」

笑いながら佐和紀の隣に立ち、黒い羽織から出ている手首に触れる。同情につけ込んで、手を繋ぐ。

佐和紀は驚きもせず、されるに任せていた。小学生の遠足のような、子どもっぽい手繋ぎだ。

「おばあちゃんにも弱いのかもな。……嘘だよ」

手をぎゅっと握り返した佐和紀が、いたずらっぽく笑う。岡村の顔を覗き込んだ。

「言われなくても、面倒みてやるから……。そんなさびしそうな顔をするな」

「してますか」

「さぁな、おまえの気持ちまではわかんねぇよ。そういえば、あの話。知世の件だ」

石垣の代わりにどうかと持ちかけてから、身辺を調べあげて報告した。知世の答えはまだ聞いていないが、佐和紀も答えを保留にしていた。その結論が出たのだろう。

「タカシとタモツからも勧められたし、昨日のうちに周平にも、なんとなく話した。俺がよければいいって話だ。近いうちに、おまえから相談させるって言っておいた。知世にその気があるのか、もう一度、きちんと確認してやってくれよ」

「わかりました」

「でも、俺の舎弟にはしないからな。……舎弟にするなら一番目は、タモツだ。決めてるんだ」

「初耳です」

「うん、いま言った。本人には言うなよ」

するっと手を離し、佐和紀が駐車場に向かって歩き出す。

「俺も……」

舎弟にしてもらえるのかと、背中を追いかけて聞く。佐和紀は答えず話を替えてしまう。

「精進落としにはタカシたちも来るんだろう」

「もう到着していると思います。……佐和紀さん」

「あれもこれも欲しがるなよ。ほんと、ちょっと見た目と評判が良くなったからって、贅《ぜい》沢《たく》ばっか言って」

からかうように笑われて、岡村の胸の奥は熱くなる。からかわれているとわかっていても、佐和紀にかまってもらえるのは嬉しい。

助手席のドアを開き、佐和紀が乗り込むのを待つ。丁寧にドアを閉めてから運転席へ回った。エンジンをかけ、ふと動きを止める。

いままでいくら引っ越しを勧めても、母親は首を縦に振らなかった。自宅のある場所が好きなんだと思っていた。

でも、本当は別の理由だ。行方知れずの旦那が、必ず最後にはたどり着けるように、自分のもとへ戻ってこられるように、居場所を移したくなかったのだろう。

人の愛情は繊細で、ときに愚かで滑稽《こっけい》だ。

それでもきっと、それぞれの胸の中に、他人には理解できない機微があり、ただそれゆえに生きていられる。そんなこともある。

「シン。おまえの父親の遺品の中に、写真があったよ」

車が走り出し、山の中から町へと戻る。佐和紀が続けた。

「聞きたくもないだろうけど、おまえの写真だった」

「子どもの頃のですか」

「いや、あれはヤクザになってからだろう」

言われて思わず笑ってしまう。子どもの頃の写真だと言われたら、ありがちだと笑えたが、ヤクザになってからの写真を持っていたなんて意味がわからない。

「やっぱりバカなんですかね」

岡村が言うと、佐和紀は軽やかに笑った。

「自分みたいなのが親でも、立派なのが出来るもんだって、言ってたらしい。……泣かないの？」

「泣けませんよ」

「あぁ、そう。冷たいね」

小首を傾げた佐和紀は、投げやりな口調で言いながら髪を耳にかける。

ちらりと投げた視線を正面へ戻し、岡村はどぎまぎとしてしまう。佐和紀の横顔がきれいで、落ち着かない気分だ。

「大学まで出たのに、ヤクザなんて」

　ごかまし半分に口にすると、佐和紀が笑った。

「それ、言う？　周平とタモツが泣いて怒りそう。オヤジさんはさ、大学出してよかったって言ってたんだって。出しておいたから、こんないい服着て、しっかりやってるって……。よかったな、金かけてもらって。おまえはオヤジさんがどうあがいてもなれなかったものになってんだよ」

「それは……」

　言葉通りの単純な話じゃないと言いかけて黙る。信号で車が停まった。

　無学の佐和紀がなにを思うのか。その瞬間に考えたからだ。

　学があっても堕落することはある。しかし、学があるからこそ、這いあがれることもある。同じ極道の社会でも、基礎学力が圧倒的な差を生むことはあるのだ。

「おまえの両親には感謝する。おかげで、俺の右腕は立派なインテリだ。カッコもいいし、頭もいいし、男にも女にもよくモテて」

「佐和紀さん」

「だけどな、おまえ」

　佐和紀が振り向く。極道の目をした男がほくそ笑んだ。

「おふくろさんには、女房子どもはあきらめるように念を押しておいたからな。おまえは俺のものだから、他に家族を作ることはない」

「……ほんとに、そう言ったんですか」

「言ったよ。もう決まったことだ。その代わり、死ぬまで面倒みるって約束した」

「まさかそのために、今日……」

「ちげぇよ。おふくろさんがイビられでもしたらかわいそうだと思って」

真意を隠した佐和紀はうつむいて笑う。

「ちなみに、俺はとっくに嫁に出ている身だと説明もしておいた」

「そんなこと……っ！」

「誤解されるといけないだろ」

「それ、俺のためじゃないですね」

「当たり前だ。好きにさせてくれてる旦那がいるのに、他の男の嫁だなんて誤解は絶対に嫌だ。おまえ、嘘つきそうだし」

「つきませんよ。そんなウソ……」

信号が変わり、アクセルを踏む。車は静かに動き出す。

「本当かよ」

窓の外を見た佐和紀は、笑いもせずに肩をすくめた。

5

約束した時間に遅れてビーチへ向かう。ずっと待っていたのだろう知世は、湿気の多い海風にシャツの裾を揺らしていた。

日に焼けた女の子たちから声をかけられ、首を振って誘いを断る。その横顔は、あどけなく見えて男だ。

顔立ちはきれいだが、佐和紀とは違い、色っぽさというものがない。その点は年齢通りの若い硬さがある。女にはモテても男にはモテないタイプだ。

そこにふたりの歩んできた道の違いがある。貞操を守りながら、女装のホステスをして食い繋いだ佐和紀と、兄のためにならば自分が男と寝ても平気だった知世。知世と同じ頃の佐和紀のことを考えると、岡村の胸の奥はひっそりと痛む。

愛情がなくても、セックスした方が気の晴れることもある。男ならなおさら、鬱屈の発散にもなるからだ。

それなのに、佐和紀は貞操を後生大事にして、孤独なまま生きてきた。

岩下と出会うためだったとしたら、佐和紀の幸福を祝うのと同時に死にたくなる。ふたりの間にある『運命』めいた雰囲気が、岡村には鬱陶《うっとう》しい。

無視することができない自分にもうんざりしながら、岡村は防波堤に肘をついた。ジャケットは着ておらず、ワイシャツの袖をまくりあげている。

こめかみを指で支え、ぼんやりと浜辺を眺めた。ようやく振り向いた知世が、岡村に気づいて声をあげた。手を大きく振りながら駆け出す。足が砂に取られ、その場に両手をつく。振り向くのは知世を逆ナンパしようとしていた女の子たちだ。

岡村を見て、知世を見て、不思議そうに首を傾げながら去っていく。よくて兄弟に見られるぐらいだろう。知世の片想いは秘められた感情だ。

階段を下りた岡村は、犬のように一目散に走ってくる知世へ近づいた。

「すみません、気づかなくて！」

連絡を入れたとはいえ、一時間遅刻したのは岡村だ。

じっとりと汗ばんだ額を手で拭い、知世が空を振り仰ぐ。

「暑いですね。……どこか、店に入りますか」

岡村を心配して階段の方へ足を向けた。

このまま話を済ませてもよかったが、佐和紀から世話係にすると承諾が出た以上、体調を崩させるわけにもいかない。面倒を見るのは岡村の仕事だ。

車に乗せて移動し、辻堂《つじどう》でかき氷をテイクアウトした。近くの駐車場の木陰で、ひんやりと冷たいコンクリート塀に背を預ける。

「返事をするなら、話をもらった場所がいいと思ったんですけど」

イチゴ練乳の氷を口へ運びながら、知世は失敗だったとはにかんだ。

「昼間の海があんなに暑いなんて知りませんでした」

「今度からは、待ち合わせ変更の場所も、俺が決めてやる」

「気が回らなくて、すみません。……答え……」

今度からと言ったことに気づき、知世が振り向く。

「違うなら、はっきり言えよ」

「違いません！　違いませんから……。ちゃんと考えて、ちゃんと決めました」

そう言って、知世は身体ごと岡村へ向く。顔を上げると、かき氷を片手に真剣な顔をした。

「御新造さんのもとで頑張りたいと思います。ご指導、よろしくお願いします」

頭を下げた勢いでかき氷をこぼしかけ、知世は慌てた。

「……ちゃんと挨拶しようと思ったのに」

「それは佐和紀さんのために取っておけ。補佐にも了承は得てあるから。わかってると思うけど、佐和紀さんの旦那は岩下周平だ。大滝組の若頭補佐。俺にとっては兄貴分になる。おまえは『岩下さん』って呼べばいい」

手にした宇治抹茶の氷を口に運び、知世にも早く食べるように促した。それから続ける。

「おまえの実家には俺が行って話をつける。とりあえずは別の組の預かりになってもらう。まとまった支度金を出せば、兄貴も文句は言わないだろう」

「別の組っていうのは……」

「いきなり直系本家預かりなんてことになったら、兄貴の方も足元を見てくるだろうから、一応な。それでも金の無心をされるようなら、すぐに言えよ。報告は早急かつ的確に。だいたいのことは初期消火で片が済む」

「はい。……すみません。俺って、不良債権ですよね」

「新入りヤクザなんて、不良債権が相場だよ。おまえはまだ身ぎれいな方だ。世話係のあれこれについては、おまえと入れ替わりになる石垣って男が引き継いでくれる」

期間は来月いっぱいだ。

そのあとで、石垣の依願離脱の通知が各組織へ回る。本人は東京へ出て、留学を手配している男の迎えを待つことになっていた。

「石垣はヤクザを辞めて、アメリカへ飛ぶ。直系本家でも知っている人間は限られているから、大滝組の事務所でも口にするなよ」

「わかりました」

「組事務所で親しくなったやつはいるか？」

「いえ。必要以上の会話はしていませんので」

「お利口だな。そのままの方針で行け。しばらくは飲みに誘われて行くときも、俺か石垣に相手を報告してくれ」

「そうします。家はどうしたらいいですか。借りるにも金がなくて……」

「あぁ……。それな」

かき氷を突いて崩しながら、岡村は思案した。

「おまえはどこでもいいって顔じゃないからな」

「俺、サラリーマンの小児性愛者《ペド》にしかモテませんけど」

知世の発言は不穏だ。岡村は苦く顔を歪めた。

「うちは、姐さんの色気に当てられてるのが多いから」

佐和紀の毒素にやられている大滝組界隈は、男を試してみたい下衆《げす》連中の巣窟《そうくつ》だ。

「そうなんですか」

知世は不思議そうに首を傾げる。岡村は答えた。

「あの人は睨んだだけでヤクザを勃起《ぼっき》させるようなところが……。まぁ、一緒にいればすぐにわかる。家については俺の住んでるところを譲ってやるよ。そろそろ引っ越そうと思ってた」

「……あの、家賃がもったいないし」

「同居はしない」

岡村はきっぱりと言った。

「金の問題じゃない。これも話しておこうと思ってたんだけど、俺はおまえを抱かない。絶対に」

「佐和紀さんが……」

「言っても」

答えた岡村が見つめると、知世の瞳が戸惑うように揺れる。

「佐和紀さんはもうおまえをそういう目では見ない。懐に入った相手にハニートラップなんてさせる人じゃないし、おまえはまだ若いからな。そこんとこはきちんと自覚しておけよ。おまえが一番にしなくちゃいけないのは、あの人に気に入られることだ」

「……あんな人に気に入られるって……。俺があなたを好きになったこともバレてるし」

「そのままでいい。小細工は嗅《か》ぎ分ける人だから、妙にお利口にしてると、イヤってほどからかわれるからな」

不安そうに表情を曇らせた知世は、弱音を飲み込むようにくちびるを引き結ぶ。その生真面目さを佐和紀は好ましく思うはずだ。そうでなくても、懐へ入れると決めた人間には甘いところがある。

「岡村さん。変な迫り方したりしませんから……、だから、好きでいてもいいんですよね……。俺、岡村さんのために頑張りたいって……。知っていてくれてるだけでいいんです。だから」

「せいぜい頑張って、俺と苦労を分かち合ってくれ」

ふっと笑って返す。知世の顔が目に見えて明るくなり、

「俺なんかのどこがいいんだか……」

岡村はあきれながら息を吐いた。

「おまえもすぐにわかるよ。男としては岩下の方が数段に上だ。俺は真似をしてなんとか体裁が整った程度で……、おまえもすぐに惚れ……」

両手でかき氷のカップを摑んだ知世は、ぶんぶんと髪を振り乱す。真剣な表情で、キッと岡村を睨みつけた。

「なんか、って言わないでください。岡村さんはめちゃくちゃカッコいいんです。……前に、北関東の寄り合いで会いました。覚えてないと思うけど、みんな、俺を兄と間違えていて……。でも、岡村さんと岩下さんは気づいてくれたんです。あのとき、岡村さんが『こっちが先に生まれていればよかったのに』って言ってくれた……」

「それ、岩下だろ」

「……いいんですっ！」

知世は顔を真っ赤にして叫んだ。

「俺は、あのとき……、隣でうなずいたあなたしか見えなくて。だから、デートクラブのトップになったって聞いて……」

うつむいた知世の肩が興奮で震える。それをぼんやりと眺め、岡村はまたため息をついた。なにげなく肩に手を置くと、知世の手からカップが転げ落ちる。撒《ま》き散らされたかき氷が岡村の革靴にかかり、慌ててしゃがみ込もうとする腕を掴んで引き止めた。岡村のカップもコンクリートに跳ねる。

「俺はおまえの気持ちには応えられない。わかってるな」

見あげてくる瞳に念押しする。

「それでもおまえを惚れさせるし、よそ見はさせない」

「……縛って、くれるんですか」

あどけなかった知世の表情に甘い感傷が差し込み、濡れたような色気が滲《にじ》み出る。それがほんの少し佐和紀に似て見え、岡村は眉をひそめた。

「泣くことになるぞ」

「……泣いたんですか」

うっとりと見惚れた目で見つめられる。

岡村の心に佐和紀がいることを知世は知っている。それが永遠に叶わない恋だということも。

答えないでいると、離れていくのを拒むように岡村の手を押さえた。

「求めません。あなたを求めて困らせたりしません。……ずっと好きでした。これからもずっと、好きです」

湿気が忍び寄り、じっとりと汗ばむ木陰の中で、知世の目はぬらりと冷たく光る。

「俺は兄のことも大切に思ってきました。家族だから。でも、感謝されたことはない。誰を殴っても、誰と寝ても、誰を不幸にしても。……それなら、自分が選んだ男のために生きたいと思います。褒められなくても、感謝されなくても、疎まれても。それが岡村さんなら、俺は……」

「兄貴を恨んでるのか」

「大嫌いです。だから、捨てろと言われなくても捨てます。壱羽組を畳めと言われたら、兄の嫁を寝取ってでもつぶしてきます。覚悟なんて必要ないんです。ただ……俺を信じてください」

湿り気を帯びた冷血動物の無感情さで詰め寄ってくる知世は、幾度となく兄との縁を切ろうとして他人に助けを求めたのだろう。けれど心が冷めすぎて、相手の感情を揺することができないのだ。知世は情に訴えるのが下手すぎる。

『壱羽の白蛇』と呼ばれたいきさつが想像できる気がして、岡村は静かに息をつく。

それだけのことに知世は肩を揺らして怯えた。

「どうやって信じたらいい」

　岡村が問いかけると、じっと身をひそめるように黙り込んだ。

　ふたりの間に沈黙が流れ、遠くを走るバイクのエンジン音が聞こえる。そして、駐車場の前を通る子どもの声、電車の音。

「……もう、『俺なんて』と、言わないでください」

　知世は震える声で言った。

「本気で思っていても、やめてください。だって、御新造さんは認めているんです」

　知世の目が必死に岡村を見た。

「これ以上、そんなことを言ったら、あなたを認めている岩下さんと御新造さんがバカだってことになる」

「おまえな……」

　笑いが込みあげてきて、岡村は肩を揺らしながら口を押さえた。あのふたりが許してくれるから考えもしなかった。

　繰り返す謙遜《けんそん》が単なる弱音だと、言われて初めて気がついた。周りはみんな知っていただろう。石垣も三井も。恥をかかせまいと黙っていたのだ。

「……わかった。おまえを信じる」

「本当ですか？　かっこいいって、信じてくれます？」

泣き出しそうに顔を歪めていた知世は、キラキラと目を輝かせる。

「……それは自分では言えない」

「言っていいです。かっこいいから！」

「もういいから、黙れ」

恥ずかしくなって手のひらを向けると、知世の両手に摑まれた。

「岡村さん。俺からは誘いませんけど……、ヤリたくなったら教えてください。性欲処理のためでもいいです。……この前みたいな」

「あー、それな」

岡村は手を与えたままで、がっくりとうなだれた。

「アレのことは忘れろ。佐和紀さんにも言うな」

星花に頼んで色仕掛けを仕込ませると言ったのも、その場限りの冗談だ。

「身持ちは堅い方がいい」

「そうなんですか。はぁ……」

意味ありげに中指を揉まれ、知世の頭をスパンと叩く。手を取りあげると、子どものように追ってくる。

「もうちょっと……」

「よからぬことを考えただろ」

「だって、その指、あの人には入れてた」

「バカ！」

叱《しか》りつけて、両肩を摑む。

「あの男は情報屋だ。利害があって……。疑いの目を向けるな」

「本当はどうなんですか。あの人は、岡村さんのこと」

「はぁ？」

さらに詰め寄られて押し返す。気に入られてると答えようものなら、星花が呪《のろ》い殺されそうだ。

「おまえはときどき蛇みたいにしつこいな」

「だって俺、『壱羽の白蛇』ですから……。でもね、岡村さん」

無感情に見える澄んだ瞳で、知世はにこりと笑う。

心の底にある情熱をただひたすらに温め、誰にも見せずにきた少年は、ようやく解放されたと言いたげに目を細める。

「白蛇は吉兆でしょう？　俺、絶対に岡村さんをがっかりさせません。俺をそばに置いてよかったって、ラッキーだったたって、思わせてみせます」

瞳がきらきらと輝いて眩しく、

「はいはい。楽しみ楽しみ」

わざとそっけなくあしらう。

「岡村さん……っ！　真剣にっ、聞いてっ！」

「もう嫌だ。もうめんどくさい」

腕にしがみついてくるのを振り払う。

「嫌だ、やだっ。もっと、好きって言いたいんです～っ」

今度は背中に取りつかれた。

「それもダメ。迷惑だから」

岡村が言うと、知世はいっそう肩へ額を押しつける。

「言いたい……」

「聞きたくない」

「じゃあ、褒めてもいいですか。岡村さんの素敵なところを、ひとつひとつ……」

「バカか」

振り向くと、待っていたのは真剣な目だ。

「キスして欲しそうにするな」

「すみません。無意識です」

真顔で返され、岡村は大きく息をつく。これはそれなりに手強《てごわ》いと思いながら、佐和紀はうまくかわいがるだろうと直感する。結婚したばかりの頃とは違い、佐和紀はもう、世話係に面倒を見てもらうだけの男ではなくなった。かわいがられることよりも、かわいがることに欲求を持っている。

「暑いから……」

「はい」

知世の目がほんの少し潤む。だが、言おうとしていたことは飲み込んだらしい。

「海沿いにカフェがありましたよ」

明るく言って、場を取り繕う。岡村は意地悪く小首を傾げた。

「ラブホでも、って言うかと思ったけど……」

「だって俺、そういうことは言わないって約束したばっかりだから」

「俺が誘ったら？」

「……すぐにでも」

答えた知世は、ふくれっ面になって顔を背けた。言うわけがないとわかっている。

岡村はその髪を無造作にかき混ぜた。

「はい。おりこうさん。おいしいものを食べさせてやる」

「あー、もう一回！　もう一回してください！」

「本当にしつこい。タカシみたいだな！」

「褒め言葉ですか？」

「……そのうちわかる」

車のキーを取り出して、ドアロックをはずす。不機嫌にしているかと思った知世は、すっかりいつものままだ。

乱れた髪を手ぐしで直し、屈託のない笑顔を見せる。そのうなじにかすかに滲む憂いに、岡村の心は乱される。

佐和紀といれば、いまよりもっと似てくるだろう。望んでいるのか、望んでいないのか。自分の気持ちがわからない。

だけど『抱く』ことがないのは確かだ。

岡村の視線に気づき、知世は少しだけ目を細めた。大人びた表情の裏に、男の欲情と打算が見える。しかし、知世はそれを、若い世代特有の淡白さで覆い隠した。

抱くことはない。キスをすることもない。

だからこそ、秘密はひっそりと息をするのだ。

岡村はぼんやりとした気分で車に乗り込む。わざと子どもじみた態度を取っている知世が助手席のドアを開ける。

静かに乗り込み、ドアを丁寧に引いた。

「……なにか言ったか」

エンジンをかけて尋ねると、イマドキの若い男はふるふるっと首を振る。

けれど、シートベルトを締めるとき、確かに小さな声で軽快にささやく。「だいすき」と言われた。

「聞こえてるんだよ……」

「おっかしいなぁ」

知世は悪びれずに笑って視線をそらした。

＊＊＊

初夏の海にはサーファーたちが浮かび、のんびりと波を待っていた。朝の日差しは穏やかで、テラス席に吹く風も心地いい。

モーニングプレートをつついていた佐和紀が、シャンパングラスに手を伸ばした。

「朝から酒が飲めるなんて、最高だな」

上機嫌にグラスを傾ける。ライトグレーの夏着物に、半衿は青と白のチェック柄だ。

向かい合う岡村は、ベージュのサマーニットにチノパンのカジュアルスタイルだった。

仕事は関係ないプライベートタイムの装いで向かい合うと、この時間がまるでデートみたいに思えてくる。

ついさっきまで同じベッドの中にいたなら、もっといいのにと思いつつ、佐和紀の口元を眺めた。とろりとした目玉焼きの黄味がついたのを舌先がぺろりと舐める。

それを性的に捉《とら》えそうになって、慌てて思考をシフトチェンジする。うっかりしたら、すぐに気づかれてしまう。

焼きたてのクロワッサンにナイフを入れ、サラダのレタスとハムを挟む。即席のサンドを佐和紀の皿に乗せ、今度は自分の分を作る。

「おまえも面倒見がいいよな」

と佐和紀に言われ、

「そうですか」

岡村は気づかないふりで答えた。なにげない言葉にさえ影をちらつかせるのは岩下だ。冷たいようでいて、舎弟に対しては面倒見がいい。佐和紀には特に、そう見えるのだろう。

クロワッサンサンドにかぶりつき、口元を指で拭う。

「知世にもそうだろ。……あいつ、かわいいよな。ガキのくせして、タカシより落ち着いてるし」

そしてなにより、将棋の強さがお気に入りの決め手だった。

対戦相手に飢えていた佐和紀は暇があれば知世と将棋をしたがり、数日前は岩下がいるにもかかわらず、深夜まで引き止めて勝負していたらしい。

実力は知世の方が勝っているという話だ。佐和紀が間違った手を打つと、指導することもあるようで、話を聞いた岡村はひやりとした。しかし佐和紀本人は喜んでいる。誰からでも学べるのは長所だ。

知世も気を使い、佐和紀の趣味に合わせようと、石垣から教えられた時代小説を読み進めたりしていた。離れを訪れると、年の離れた兄弟のような美形がふたり、座敷に転がって文庫本を読みふけっていて、なかなかに、ほのぼのとしていい眺めだ。

そんなことを思い出し、笑いながら眺めていると、佐和紀が動きを止めた。不満げな目が見つめ返してくる。

岡村はなおも見つめ続けた。形のいい眉と、きりりと涼し気な目元。引き締まった頬とつややかなくちびる。

手を伸ばせば届く場所にいる想い人は、そこに座っているだけでせつないほど幸せな気分にしてくれる。岡村の身も心も所有する、たったひとりの男だ。

佐和紀に尽くし、佐和紀に縛られるために、岡村はいまも岩下仕込みのデキる男になろうと努力していた。佐和紀の右腕になり、佐和紀を守ることだけが自分の生きがいだ。

他人から見て不幸でもかまわない。また行き詰まって、ボコボコに殴られてもいい。もがいて、もがいて、あきらめないで手にする結果だけがすべてだ。

佐和紀を支えていけるのなら、それを佐和紀自身に望んでもらえるなら、どんな悪事にも手を染める。悪魔とだって取引をするだろう。

でも、佐和紀以上に魅力的な悪魔もいないと知っていた。

夏の朝の爽やかな空気の中で、岡村は眩しさに目を細める。

「愛してます」

自然と口にしてしまう。そこには、てらいもなければ、下心もない。口にした心は乱れることもなく落ち着いていた。

「殴るぞ」

低い声で言った佐和紀は鋭いまなざしを海へとそらす。照れ隠しなんかじゃない本気の一言だ。

岡村は笑いを噛み殺し、コーヒーに手を伸ばした。店内から聞こえるボサノバが、ふたりの間に溶けていく。

この関係に名前をつけられないことが、大きな奇跡のような気がして、そんなふうにおおげさに捉えたがる自分のことを、岡村はまたひっそりと笑う。

佐和紀が気づいたので、なんでもないと肩をすくめてごまかした。

二台の車が駐車スペースに滑り込んだのが見え、立ちあがった佐和紀はテラスの端へと歩いていく。青いコンバーチブルに乗ったサングラスの男に手を振られ、嬉しそうに手を振り返す。

その背中にこぼれ落ちそうなほど溢《あふ》れる幸せを、岡村はあたたかい気持ちで眺めた。

テラスに現れた周平に続いて、タカシとタモツ、それから知世が姿を見せる。

人数が増えたので、大人数用の丸テーブルへ移動した。

「いや、だからさ！　朝まで一緒だったのに、ここでもイチャイチャする意味ある？」

あきれた口調で三井が叫んだ。

周平の隣に座り、引き寄せられるままに頬を合わせていた佐和紀が、まるで外国の挨拶のような仕草をやめて振り向く。

「い、いいっすけど……」

周平にも睨まれ、三井はすごすごとメニューに視線を落とした。佐和紀をからかうつもりで、藪《やぶ》からヘビをつつき出したようなものだ。

佐和紀の隣に石垣が座り、知世を挟んで三井、そして岡村の順番で丸テーブルを囲む。遅れてきた四人分のモーニングプレートが届くと、佐和紀が知世のクロワッサンを手に取った。岡村へ差し出してくる。クロワッサンサンドにするのだ。

「シンは上手だよ」

そう言って、佐和紀は周平のためにナイフを手にした。

「姐さーん、俺のも作ってぇ～」

と三井が言い出し、石垣に睨まれる。知世の分を作った岡村は続けて、三井の分を作ってやった。佐和紀が石垣の方へ手を伸ばす。

「おまえのは作ってやる。貸して」

遠慮しようとする石垣を差し置いて、カフェオレを飲んでいた知世がひょいとクロワッサンを摑んだ。

もうすっかり馴染《なじ》んでいて、前からそこにいたようだ。空気の読めるタイプだから出しゃばることはないが、三井にそそのかされてバカ騒ぎをすることもある。

それもまた無邪気で、佐和紀のウケがいい。

自分の行動がどこまで許されるのかを見極めているような顔をするときもあったが、そういうときは決まって佐和紀がその肩を抱き寄せた。

所属していたこおろぎ組でも一番の若手だったから、自分より下に新しい人間を迎え入れたことが嬉しいのだろう。

佐和紀の面倒見のよさを、岩下もまんざらではないような顔で眺めている。知世の後ろ姿とふとした時の声が佐和紀に似ていることは、驚くほどすぐに指摘された。それについては、さすがとしか言いようがない。

その上、どうやら知世との微妙な関係にも気づかれている。挿入まで至っていないことも含めてだ。しっかりと繫いでおくために甘い言葉をいくつかささやいたぐらいのことだが、そういうところは人に知られたくない。特に、岩下には採点されそうで嫌だ。

マンションの部屋にカメラでも仕込まれているのかと、調べてみたが、なにも出てこな

かった。

色事にまつわることは体感でわかってしまう。岩下はそういう男だ。

でも、咎められることもなく、詳細を尋ねられることもないままだった。

「それで、三人での旅行はどうだった」

生成りのシャツを着た岩下が笑い、煙草に火をつけた。三井が目をぱちぱちとしばたたかせ、知世の表情を見てから石垣を小突いた。自分と知世が仲間はずれにされたことに、ようやく気がついたのだ。

「なんで、俺のこと、誘わないんだよ！」

「……うるさいからぁー」

石垣が自分の耳に指を突っ込んで答える。

「今度は、俺も連れていってくださいね」

知世が屈託ない笑みを佐和紀へ向けた。

「そうだな。夏旅行しような」

佐和紀は、幼い弟でも見るような顔で笑った。その優しげな表情に見惚れていると、岩下から肩を叩かれて耳打ちされる。

「なるようになる」

からかうでもない端的な言葉に、

「信じます」

短く答えた。岩下はすぐに離れていく。

結果を見せるのは岡村の仕事だ。成り行きに任せてもいいと言われて満足しているようでは佐和紀の右腕になれない。

信じてくれる人たちの期待に応え、それ以上の結果で驚かせるぐらいでなければ、佐和紀にふさわしいとは言えないだろう。

「周平はどこに行きたい？」

佐和紀から笑いかけられた岩下は、いつものように答えた。

「おまえと同じベッドなら、どこでも」

無駄になまめかしい返事に、

「……すぐ汚すから、イヤです」

佐和紀が眼鏡の奥の瞳をついっと細める。

「もー、姐さん！　知世は若いんだから、シモはやめろっつーの！」

三井が叫び、石垣が知世の耳をふさいだ。

前歴を知っていてもなお、三井たちは知世を純真な新人と決めつけて大事にしている。

知世はくすぐったそうに笑いながら「大丈夫です」を繰り返した。

「あー。ごめんごめん。……周平、おまえのせいだ」

岩下を睨んだ佐和紀が、岡村を見て肩をすくめる。

夏の日差しがその後ろで弾《はじ》けたが、眩しいのは佐和紀の笑顔だ。

なにかを言う前に、岩下から足を踏まれ、岡村は目をしばたたかせながら振り向いた。

なにごともなかったかのように肩で笑った兄貴分は愛する妻の機嫌を取り始めている。

少しずつ変わっていく流れの中で変わらないものがあるとしたら、それは佐和紀と岩下の笑顔であって欲しい。

岡村は心の底からそう思い、自分を見つめてくる知世の視線に気がついた。

なやみごと

佐和紀《さわき》の不機嫌は、後ろ姿でわかる。

初夏の夜風が庭木の枝を静かに鳴らす縁側に座り、肩に丹前をかけた佐和紀は、片膝《かたひざ》に肘《ひじ》を預けて煙草《たばこ》を吸っていた。粋でいなせ。しかし、やさぐれた男の仕草だ。

短い煙草を親指と人差し指でつまむように持ち、細く息を吐く。紫煙は庭先へと流れ、拡散して消えていく。

左手が盆の上へ伸び、倉敷ガラスの徳利の首を持つ。和室から漏れ出る柔らかな室内光を受け、緑がかった青がノスタルジックな気分を呼び起こす。

揃《そろ》いのぐい飲みに酒を注《つ》ぎ、徳利を置いた。

ぐい飲みを空ける仕草の豪快さと、浴衣《ゆかた》の袖から出た手首の艶《なま》めかしさ。相反するようでいて、やけにしっくりと馴染《なじ》んでいる。それが、佐和紀だ。

結婚生活も四年目になり、ときどき激しく『艶めかしさ』に針が振れる。決まって佐和紀は機嫌が悪く、苛立《いらだ》っているか、怒っている。奥底に悲哀や孤独が隠れていることも多々あるので、対応する周平《しゅうへい》は注意深くなってしまう。

微塵《みじん》も傷つけたくないと思う気持ちが、佐和紀の『傷つく権利』まで奪い、成長を阻害しないかと慎重になる。

行く道の小石を拾うような先回りは、優しさではなく、一種の支配だ。

「ただいま」

周平が近づくと、佐和紀の手元に影が伸びた。気づいた佐和紀は、ぐい飲みを置きながら肩越しに振り向いた。

「あぁ、おかえり」

早かったとも遅かったとも言わず、煙草の火を灰皿で揉《も》み消す。

「着替えを手伝おうか。風呂《ふろ》の準備はできてるけど、どうする？」

袖を通していない丹前を押さえながら、佐和紀は機敏な仕草で立ちあがった。

周平を見て微笑《ほほえ》む顔はいつものままだ。周平が軽く腕を広げると、すっと入ってくる。

胸と胸を合わせるようにして、片手で頬《ほお》を包む。指先でそっと撫《な》でながら、くちびるを重ねた。普段なら軽く合わせただけで離れるところを、ゆっくりと味わうようにして時間をかける。佐和紀は一瞬だけたじろいだが、強く抱き寄せると抵抗もなく身体《からだ》を預けてきた。下くちびるをついばみ、舌をそっと差し込む。アルコールの匂《にお》いをさせている佐和紀は、周平の腕の中でうっとりと目を細めた。

「はぁ……ん、んっ……」

濡《ぬ》れた舌片がゆるく触れ合い、佐和紀の身体が跳ねる。息がかすかに震え首を振った。逃れていくのを許して、顔を覗《のぞ》き込んだ。かける言葉はいくつもあった。しかし、どれも佐和紀の気持ちにそぐわないようで、口に出せない。

岡村《おかむら》と揉めたことは、周平の耳にも届いている。岡村は、顔にあざが残るぐらいに殴られ、周平の電話にも出ようとしない。

「そういう、気分……？」

キスから逃れた佐和紀の息遣いが首筋にかかり、周平は眉根《まゆね》を強く引き絞った。

帰って早々、セックスがしたいのかと尋ねてくる佐和紀の声に覇気がない。望まれているなら付き合うと言わんばかりだ。しおらしい佐和紀を抱くのもやぶさかではないが、愉《たの》しみに耽《ふけ》って肝心なものを見逃すわけにもいかなかった。

佐和紀の気鬱《きうつ》の原因は、岡村だ。微妙なバランスにあるふたりが決別するなら、佐和紀にはまた新しい右腕候補が必要になる。

「おまえがその気じゃないなら、今夜はしなくてもいい」

したくないわけじゃないと暗に告げ、

「その代わり、風呂に付き合ってくれ」

あご先をそっと撫でて、額にキスをする。はずしたネクタイを二つ折りにして渡すと、佐和紀は素直に受け取った。そのまま、端を握って引く。

話してくれと促して話すような男じゃない。特に岡村とのことは、佐和紀自身の問題だ。いちいち助言を求めるようでは、右腕どころかチンピラだって使役できない。それでも周平は、セックスで時間を奪うことなく、相談のタイミングだけは用意しておきたかった。

先を歩く周平にネクタイで引かれ、佐和紀は素直についてくる。互いの服を脱がしても、いつもの陽気なじゃれ合いには発展せず、佐和紀はおとなしく湯船に収まった。

「なにを飲んでたんだ。日本酒か?」

周平は髪を洗うためにシャワーの下でイスに座る。

「うん。『冷や』をね」

どこか、ぼんやりと答えたあとで、佐和紀は歌を口ずさみ始める。機嫌のいいときに出てくる『ラバウル小唄《こうた》』ではなく、もの悲しい旋律の『異国の丘』だ。

佐和紀の歌が途切れたのは、周平がシャンプーの泡を流し始めたときだった。

「なぁ、周平……。シンを、病院に連れていった俺が悪いんだよな」

「どうしてだ。母親のためじゃなくて、あいつのためだろう」

シャンプーを洗い流しながら答える。

「でも、シンはわかってない。うまく説明できなくて……」

「……殴ったのか?」

髪を流し終えて、身体にシャワーをかけながら佐和紀を見る。

「殴ったのは……、あいつがキレたからだ」

「じゃあ、しかたがない」

シャワーを止めた周平は、髪をオールバックにかきあげ、湯船の近くにイスを置き直した。壁を見つめていた佐和紀が振り向く。

「どうやれば、元に戻れるのか。わかんない……」

後悔でいっぱいになった佐和紀の瞳《ひとみ》が潤んでいるように見えて、周平の心は激しく波立った。憤りに近い苛立ちで胸の奥が熱く燃える。しかし、表情に出すわけにはいかない。いつもの通りの微笑みを浮かべ、弱音を吐く佐和紀の頬に手を添えた。

安心したように目を閉じる仕草がいじらしく、周平はなかば本気で、岡村の脱落を願ってしまう。佐和紀をこんな気持ちにさせる『右腕』なんて、さっさともぎ取って捨ててしまうに限るとまで思った。

「おまえが気落ちすることじゃない。捕まえて、俺が説明をしてくる」

そっと頬を撫で続けて、佐和紀の瞳を覗き込む。戸惑いながら見つめ返されると、不謹慎な欲情が燃えあがり、慰めている端から佐和紀が欲しくなる。

「シンはさ、やっぱり俺みたいな……」

自虐的な言葉を言おうとする佐和紀のくちびるを、周平は親指で押さえた。

「言うことを聞かないシンが悪い。おまえは、なにも悪くない」

顔を上げさせて、くちびるを合わせる。伏せられた佐和紀のまつげが目元に影を作っているのを見つめ、周平の胸はざわめいた。

「こっちへ来いよ。もっとキスがしたい」

至近距離で誘うと、佐和紀は湯船から出て、周平の膝にまたがった。再開したキスは、ゆだったように温かい佐和紀からだ。両手で周平の頬を包み、鬱屈《うっくつ》を分け合うようにくちびるを重ねてくる。

やわらかな子どもだましのキスでは我慢ができず、周平は佐和紀の首の後ろを強く引き寄せた。強引にくちびるへ吸いつき、舌を絡める。逃げようとする腰を抱き寄せると、

「……んっ……」

息を詰めた佐和紀の股間《こかん》が腹に当たる。半勃《はんだ》ちになっていたが、周平のものは完勃ちだ。

「あっ、やっ……」

ぎゅっと握った周平の乱暴さを嫌がるように、佐和紀が身をよじる。

「本当に嫌なら、このまま解放する」

手筒に包み込んでこすりあげ、周平は鎖骨に吸いつく。すると、佐和紀の肉がギュンと脈を打って育った。

「しゅう、へい……」

ぼそっとした声が耳元でかすれ、ゆっくりとくちびるを移動させる。胸にキスすると、すぐ近くのささやかな突起が膨らんだ。少しこなれた色づきが、いやらしい。

くちびるでなぞり、舌先で軽く転がす。

「……くッ、ぁ……」

刺激に身をよじらせた佐和紀は、そのままビクッビクッと跳ねる。嫌がるはずがないと、周平は知っていた。ネクタイで牽《ひ》かれてきたときから、佐和紀は優しく懐柔されることを待っていたのだ。

「いつものようにしていろ。おまえは、なにも変えるな。それが『正解』だ」

「そうなの？」

首を傾《かし》げる佐和紀の腰を抱き寄せる。互いの昂《たか》ぶりの裏側が当たり、佐和紀はまた小さく喘《あえ》いだ。感じやすい身体は、心がふさいでいる分だけ、従順で素直だ。

岡村が原因だと思うと苛立ちが募る。しかし、佐和紀も難しい男だから、岡村に対して同情する気持ちもあった。未熟なカリスマ性は、垂れ流される蠱毒《こどく》のようなものだろう。

「俺を使うのも、おまえだけができる手段だ。ここが使いどころなら間違いじゃない」

「……んっ」

腰の裏のくぼみを押し、スリットに中指を沿わせる。先にあるすぼまりに触れた瞬間、佐和紀はまた大きく震え、首筋にしがみついてくる。

「も……、だめ……。して。……ゆび、いれて」

佐和紀の息遣いに焦燥が混じり、周平の心もじっとりと焦《じ》れていく。岡村のことを頭から押し出した佐和紀にせがまれ、周平もまた、この時間だけは岡村に対する苛立ちを忘れた。この瞬間の佐和紀を喘がせ、味わい、変わっていくことさえ嬉しく思う。立ち止まらないことだけが永遠を作るのだと、周平は繰り返し、心に刻んでいた。

あとがき

こんにちは、高月紅葉です。仁義なき嫁シリーズ第二部第九弾『惜春番外地』をお届けします。今回から登場する知世は今後のキーパーソンなのですが、先行している同人誌と電子書籍発表時は賛否が分かれました。もしかして、岡村とデキてしまうのではと心配された読者さんもいたようです……。なんせ、周平も納得の『佐和紀似』ですから。でも、それはありません。似ている誰かで慰められるのなら、岡村はこれほどまでに複雑なキャラにはならなかったと思います。

そしてついに石垣の留学出発が近づきました。本編中に出てきた卒業旅行は同人誌で発表し、電子書籍『続仁義なき嫁17』に収録しています。タイトルは『someday』です。ご興味がありましたら、よろしくお願いします。

末尾となりましたが、この本の出版に関わってくださった皆さまに心からの感謝を申し上げます。そして、仁嫁を支えてくださる読者の皆さま。善意のみかじめ料、いつもありがとうございます。またお会いできますように。

高月紅葉

ラルーナ文庫

この本を読んでのご意見・ご感想・ファンレターなどお待ちしております。〒111−0036 東京都台東区松が谷1−4−6−303 株式会社シーラボ「ラルーナ文庫編集部」気付でお送りください。

＊仁義なき嫁　惜春番外地：電子書籍「続・仁義なき嫁8 惜春番外地」に加筆修正
＊なやみごと：書き下ろし

仁《じん》義《ぎ》なき嫁《よめ》　惜《せき》春《しゅん》番《ばん》外《がい》地《ち》

2020年6月7日　第1刷発行

著　　者｜高月《こうづき》 紅葉《もみじ》
装丁・DTP｜萩原 七唱
発 行 人｜胄 仁警
発 行 所｜株式会社 シーラボ
〒111-0036　東京都台東区松が谷 1-4-6-303
電話　03-5830-3474／FAX　03-5830-3574
http://lalunabunko.com
発 売 元｜株式会社 三交社（共同出版社・流通責任出版社）
〒110-0016　東京都台東区台東 4-20-9　大仙柴田ビル 2 階
電話　03-5826-4424／FAX　03-5826-4425
印刷・製本｜中央精版印刷株式会社

　ISBN978-4-8155-3237-6